占い師オリハシの嘘

なみあと

講談社
タイガ

イラスト――美和野らぐ
デザイン――たにごめ（ムシカゴグラフィクス）

目次

占い師オリハシの嘘

始

占い師オリハシ。「よく当たる」と巷《ちまた》で話題の女占い師で、一般人からはもちろんのこと、芸能人や政財界関係者からも日々依頼が舞い込んでくる。

メールや専用ウェブサイトを通じて依頼を受ける、最近珍しくもないオンライン特化型の占い師で、星の巡りやカードなど、彼女の扱えるいくつもの方法を用いて依頼者の運勢を診断する。彼女の占いは、依頼者の運勢だけではなく心すら見通すようだという人もおり、彼女を頼ればよりよい未来を教えてくれるとされる。

ゆえに人気は高く、サービスは好評で、リピーターも多い。しかし――

失踪癖《しっそうへき》があり、妹の折橋《おりはし》奏《かなで》がたびたび代役を務めていることは世に知られていない。

第一章　魔女と結婚運

「修二《しゅうじ》さん！」

五月の第二土曜日、場所は新宿駅南口。時刻は午後一時を回ったところ。

行き交う人は多いけれど、待ち合わせ相手の姿は奏の視界の中で、何かスポットライトを当てたように特別に目立って見えた。きっとこれが、恋の力というものなのだろう。

今日の奏の格好は、デニムのジャケットと薄手のシャツ、ふんわりスカート。それに合わせたローズクォーツのペンダントトップは、六十センチのチェーンと一緒に奏の胸で揺れている。ローズクォーツは恋愛運を上げるとよく言うが、ただの石ころが誰かの人生を左右するなんて非科学的なことはまずありえない。

ただ、それでもその鴇色《ときいろ》が、女性らしさの象徴として広く知られていることは確かだ。一般的な大学生にはそこそこ大きい出費だったそれに、価格以上の視覚効果を期待しつつ、奏は自分の想い人《おもびと》である「待ち合わせ相手」に駆け寄った。

「お久しぶりです修二さん。待ち合わせ時間ぴったり五分前のご到着さすがです！」

「どうもありがとう」

「明るめのシャツと革靴のシンプルなファッション、とても素敵ですね！」

「ありがとう」

「あっ、そのお手持ちにしてらっしゃるブラウンのジャケットも羽織《はお》ると印象が変わってきっと修二さんにお似合いだと思います！」

「……ありがとう」

「ちなみにわたしはわたしを待つ修二さんのお姿を余すところなく堪能《たんのう》したくて、三十分前からそちらの物陰《ものかげ》で待機しておりました！」

「怖っ」

元気に告げる奏に対し、修二は眉《まゆ》を寄せて身を引いた。

森重《もりしげ》修二。オカルト雑誌「怪上」の記者であり、奏の姉、折橋紗枝《おりはしさえ》の大学時代からの友人だ。確か二人は今年で二十九になるから、姉と彼の交友関係はもう十年近い。二人が社会人となったいまでも、公私にわたって関係がある。

修二は、紗枝の妹である奏のこともよく気にかけてくれる。両親が早世した奏にとってはその気遣《きづか》いがとても嬉《うれ》しく、彼の存在はいつの頃からか奏の恋愛の対象となっていた。修二の方は奏のことを妹のような存在としか捉《とら》えておらず、何度愛を告げたところでのらりくらりと躱《かわ》されているが、いつかは捕まえてやると心に決めている。

先の行動や発言も、奏なりの愛情表現のつもりだったけれど、彼の方はそうとは取らなかったようだ――が、多少拒絶されたところでいまさらへこたれたりしない。奏は胸の前で手を組み、大きく一歩近づいた。小首を傾《かし》げてにこりと笑い、鞄《かばん》からスマートフォンを取り出すと、昨晩チェックしておいたウェブページを開いて彼に向ける。

「わたし、いい感じのカフェ見つけたんです。この間SNSでバズってたんですけど、今月限定のスフレパンケーキがすごくおいしそうなんですよ」

「ふうん。じゃ、そこに行こうか」

そっけない返事ではあるけれど、希望が通って満足だ。

青い空の下を、笑い合いながら肩を並べて歩く。その姿は、傍目《はため》にはきっと、恋人同士が楽しげに昼下がりを過ごしているようにも見えただろう。

しかしそんな雰囲気は、修二の質問であっさり消えてしまう。

「折橋から、連絡は?」

それは修二の当面の懸念事項であり、そして奏の悩みの一つでもあった。

姉への不満と心配を思い出し、奏の唇《くちびる》が尖《とが》る。答えは唸《うな》るような低い声になった。

「ありません」

「そうか。ま、いつものように、そのうちひょっこり戻ってくるさ」

修二の励《はげ》まし。ただ、彼自身がその言葉を信じていないことは口ぶりからも明らかだった。

占い師オリハシ。それは奏の姉、折橋紗枝の芸名だ。

よく当たると評判の、若い女占い師。人並み外れた霊感を持つとされる彼女の素顔は謎《なぞ》に包まれていて、そのミステリアスさが、より世の人々の注目を集めている。人が腹の底に隠した秘密すら見透かすその目と腕前は「神懸り」とすら称されて、ときに恐怖の、ときに畏怖《いふ》の対象となっている。修二もたびたび雑誌に彼女の記事を書いているが、彼女の記事が載る号だけは売り上げが著《いちじる》しく伸び、匿名サイトやらSNSやらの書き込みも極端に増えるというから、人気は相当なものと言えた。

……だから「我こそは占い師ぞ」とかもったいぶっておとなしくしていればいいのに、姉は決してそうしない。持ち前の好奇心で胡散臭《うさんくさ》いもの、人、出来事、何にでも首を突っ込んでは、頻繁にトラブルに巻き込まれ失踪騒ぎを起こす。

そして、彼女は失踪直前、毎回とある一言を奏へ残していくのだ。それはとても短く、かつ、いたく簡潔な一言。

「奏ちゃん、しばらく代役よろしくね」

無茶苦茶な話だ、と思う。姉は自分のいない間、ごく一般的な大学生の奏に、占い師オリハシの仕事を引き受けろと言うのだから！

妹としては、文句の一つや二つ——いや三つ四つと心ゆくまで言いたいが、そのときにはすでに姉はどこかへ行っていて、携帯電話も通じない。その間にも、迷える依頼者は救いを求めて占い師オリハシへ依頼を送ってくる。姉は自分の不在の間、それらの依頼を処理しておいてくれと、まるで今晩の夕飯担当を交代するかのような気軽さで言い残していくのだ。

しかし奏には、神懸り的な能力どころか、占いの知識すらもない。だから奏は占い師オリハシの代役を務めるとき、占いとは異なる方法で、依頼者の未来を見通している。

――かれこれ二ヵ月半連絡のない姉のことを思い、怒り半分、心配半分の心持ちで、奏はうんざりと愚痴《ぐち》を吐《は》いた。

「今度はどこをほっつき歩いているのやら。危ないことしていなければいいんですけど」

学生時代からの付き合いである修二は、姉の無鉄砲《むてっぽう》さも知っている。危ないこと――の部分に、奏の天秤《てんびん》が「心配」に傾いたことを察したか、「しかし占い師オリハシは、本物がいないというのに変わらず盛況だな」と、妙に明るい声で言った。

「そろそろ奏が本物に成り代われるんじゃないのか」

「冗談言わないでくださいよ、修二さん。わたしは盛況『だから』困っているんです。わたし自身は、占いだなんて非科学的なもの、信じてないのに」

「お前は本当に、オカルトが苦手だな」

「苦手っていうか、そんなものが本当に存在するなら証拠《ソース》出せって思いませんか？」

「人知が及ばず、証拠がないから超常現象《オカルト》なんだろうよ。食わず嫌いしないで、文献とか読んでみると面白いぞ……そうだ、俺のおすすめの本貸してやろうか？　最近読んで面白いと思ったのは『妖怪《ようかい》の民俗学』っていう柳田《やなぎた》民俗学の観点から再分析した日本の妖怪に関する文献なんだけど次の特集記事は失われた古代文明と宇宙人の――」

「修二さん、ステイ」

早口になってきた修二を、左手を向けることで制止。

オカルト雑誌の記者を生業《なりわい》とし、超常現象や怪異、俗信に関して多くの知識を有している彼は、個人的な趣味としてもそれらをよく好んでいて、下手にその方面の話を振ると止まらなくなる。

指示に従い口を閉じた修二へ、奏は牽制《けんせい》するように告げた。

「今日は修二さんの趣味のお話じゃなくて、わたしの相談に乗ってもらうお約束でしょう」

「そうだ、そうだ。お前が悩んでる『今回の依頼』っていうのはどんなものなんだ？」

奏が「代役」の仕事に悩むと、修二はいつも相談に乗ってくれる。姉は失踪直前、頼れる友人である彼に、いつも「妹をよろしく」と奏のことを頼んでいくのだった。「あいつにはしょっちゅういい記事書かせてもらっているから、俺にできるだけのことはするさ」

などとよく言っているが、実際のところ奏の仕事に協力してくれるのは、いずれ本物のオカルト案件に出会えるのではないかという好奇心ゆえだ。

しかしそれも、想い人に近づくチャンスなら！　奏は両手を組んで修二を見つめた。

「愛《いと》しい愛しいカナちゃんを助けてあげたいという修二さんのお心、とっても嬉しいです。ありがとうございます。好きです。結婚を前提に結婚しましょう」

「それで今回の占いの依頼っていうのは、金運か、それとも仕事運か？」

「……。いえ」

完全にスルーされたので、こちらも真面目《まじめ》に話すことにする。

「今回の依頼者の方は、ですね」

やや声を潜めて、

「『自分の恋人が、魔女に呪《のろ》われているかもしれない』って言っているんですよ」

「ほお」

修二の相槌《あいづち》が、心なしか弾んだ。空を見て、「魔女ねえ」と呟《つぶや》く。

「魔女。魔術、あるいは呪術《じゅじゅつ》とも言える力で、病気や怪我《けが》を治癒させる、一種のシャーマン。宗教や歴史の表舞台に存在した『魔女』を言うならば、『悪魔』の手下とされる呪術を扱う者たちのことで、十六から十七世紀にかけて、魔女狩りにて迫害された。そういうもののこと。――現代の人間が『魔女』やその呪いという言葉をよくない意味で使うのであれば、童話や物語の世界に登場する『魔法使い』を指すものとして使う方が多いかもしれないな。箒《ほうき》で空を飛んだり、大きな鍋で薬を作ったり……人知を超越した謎の力で人を苦しませ、悩ませる」

人を呪い、悩ませる――謎の力で。依頼者が悩んでいる現状を思えば、まさしく依頼者の恋人は「魔女」のようだとも言えるのかもしれない。

奏の雰囲気から何かを感じ取ったのか、修二が「まさか」と呟く。信じがたい、というよりも、とても面白いものを聞いたというニュアンスで。

「今回の依頼は、『魔女にかけられた呪いを解いてほしい』って？」

「まぁ、遠からずです」

女子大生の求愛よりも「魔女」の一言に対して嬉しそうにするオカルトオタクな想い人へ、多少の不満とやるせなさを抱きつつも頷く。納得はいかないけれど、今日の相談はそれがメインだ。

喋《しゃべ》って聞かせるより、実際に依頼者の語るところを見てもらった方が早いだろう。奏は愛用のタブレット端末を取り出すと、依頼者から依頼を受けたときの録画データを画面に表示し、修二へ差し出す。受け取った彼が画面をタップし、動画の再生が始まったのを確認してから、奏はそのときのことを思い返した。

「依頼者はサカイ様とおっしゃる男性の方で、ウェブで実際にお話ししたのは昨日のこと。『結婚運を占ってほしい』というご依頼を頂戴《ちょうだい》しました。ただ、彼が言うには、昨今、恋人が奇妙な様子を見せているそうなのです——」


占い師オリハシの「代役」は、まずは場の雰囲気作りから。

天井の明かりは少し抑えめに。仏壇から拝借してきたLED蠟燭《ろうそく》を適当に立て、ローブに見せかけた濃い色の「着る毛布」を被《かぶ》る。机の上に何を置こうかと引き出しを探った結果、百人一首を裏返して数枚並べておいた。どれもこれもスピリチュアルな効果なんてないけれど、そもそも奏がすることは、占いなんて神頼みなものではない。

パソコンを立ち上げ、占い師オリハシ専用のウェブ会議システムに接続する。これは姉の——本物の占い師オリハシの仕事道具だ。

依頼者には事前にアドレスを伝えてある。約束の時間になると、間もなく一人の男性が画面に映った。

眼鏡《めがね》の男性。奏の目には自分よりそこそこ年上に見える。事前にメールで届いた情報には、三十一歳と記載があった。個人情報とかプライバシーとかの兼ね合いが面倒だと、以前に姉がぶつぶつ言っていたけれど、今回の依頼者はこちらの提示した質問項目に余さず答えてくれたので有り難い。三十一歳、男性、会社員。名前欄には「サカイ」と書いていた。これが彼の本名かどうか、知る方法はいまのところない。

奏はウェブカメラに向けて、深々と頭を下げた。

「星の巡りに導かれし迷える子羊よ。お初にお目にかかります——わたくしが、占い師のオリハシでございます」

両腕を振って着込んだ毛布の袖《そで》を大きく翻《ひるがえ》しつつ、いかにもな挨拶《あいさつ》をする。その方が、「らしく」見えて大多数の依頼者に「ウケる」のだ。

「……あ、どうも」

依頼者がまごついているのは見ないふりで、言葉を続ける。

「このたびはご依頼をありがとうございます。どうぞ、楽にして、ご自由にお話しください。ご依頼は『結婚運を占ってほしい』とのことでしたが」

「え、ええ、はい。……結婚を考えている人が、おりますので」

もそもそとした頼りない喋り方は、ウェブを使った話し合いに慣れていないのではなく、地なのかもしれないと感じた。

結婚。その言葉を口にしたサカイ氏は、照れくさそうに顔を背けた。大学生の奏には、結婚なんてまだ遠い未来のことで、依頼者のその表情を見るだけでむずがゆい気分にはなるが、それは当座の問題でない。きりりと顔を引き締めて、聞くべきことを口にする。

「サカイ様。失礼ですが、そのことに関して何か、人に言いにくいことを抱《かか》えておいでしょうか?」

ディスプレイに、サカイ氏が目を見開く様子が映る。――やはり。

「どうして――」

「いえ。そのように、星が申しておりますもので」

実際にはこれも推測の結果だ。

サカイ氏のメールの文面は遠回しな表現が多いというか、妙に歯切れが悪かった。自分の悩みをメールにして送るということは、取りも直さず「相談内容が文字として残る」ということだ。彼の打った文章はそれを厭《いと》うているように見えた。

「正確なところを伺わないと、適切な占い結果を出すことはできません。どうぞここでは、サカイ様の思ったことや感じたことを、正直にお話しください。もちろん、ここで見聞きしたことはオリハシの中に留《とど》めておき、一切他言しないことをお約束いたします」

と言いつつ奏は本物のオリハシではないが、そこは代役ということで。修二には将来的に折橋姓を名乗ってもらえば問題なかろう。いずれにせよ占い師の方からそう告げることで、依頼者の口が高確率で緩《ゆる》みやすくなることは確かだ。

「……はい」

そして今回もご多分に漏れず、そのタイプの依頼者だった。

サカイ氏のはっきりしない発声は変わらずだが、奏の言葉を受けていくらか表情に力が入った。落ち着かない視線は、画面の少し下に向けられている。

「メールでも申し上げたことですが、わたしには、学生時代から交際している恋人がおります。彼女はわたしより二つ下の二十九で、会えば結婚のことも意識するようになってきました。ただ」

「ただ?」

奏はカメラに映らないところでノートにペンでこそこそ走り書きしながら、彼の言葉を繰り返す。恋人、女性、二十九歳、結婚の話。

「最近、どうも彼女の様子がおかしいのです」

様子が、おかしい。

結婚で様子がおかしいというと、心変わりかマリッジブルーか。もしくは他《ほか》に好意を抱いている人が……いや。どれと判断するにも、まだ情報が足りない。

奏はタロット代わりの百人一首を取り上げ、十字形に並べる。一枚一枚に正しい置き場所があるかのように丁寧に置きつつ、目算を誤って左端《ひだりはし》だけ詰まってしまうがそ知らぬふりを決め込んで。

「サカイ様の彼女さんは、どのような方ですか？　あ、ええと……その、彼女の星の巡りも併せて占いをいたしましょう。星座やお人柄《ひとがら》など教えていただけたら」

「魚座だったと思います。積極的なタイプで、興味のあるものには真っ直《ます》ぐな性格をしています。……大学時代、教室で彼女がわたしに話しかけてくれたのが、親しくなるきっかけでした」

出会った頃のことを克明に思い出したのか、ふにゃり、とサカイ氏の頬《ほお》が緩んだ。

「とても魅力的な子なんですよ、彼女。堂々としていて、話しぶりも立派で、頭の回転も速くて。彼女に惹《ひ》かれた男性は、僕が知っているだけでも両手の指じゃ足りません。だのに彼女は、なぜか僕を選んでくれて。告白も、彼女からしてくれて……いやぁ、僕にはまったく高嶺《たかね》の花で、釣り合わないと思ったから何度も断ったんですが、押しに押されて三回目の告白で、ほとんど無理やり首を縦に振らされました。彼女のことは心から愛しているんですが、いや本当、彼女の恋人が僕なんかでいいのかなぁって、いっつも……」

「様子がおかしい、というのは？」

残念ながら当店は占い処《どころ》であって、のろけを聞くサービスは対象外だ。

そもそも自分の恋路すらまだ片思いでうまくいっているとは言い難い状況で、依頼者とはいえ他人ののろけを平常心でいつまでも聞いてやれるほど奏は大人ではなかった。彼の情報が脇道《わきみち》に逸《そ》れてきたところで、咳払《せきばら》い一つ、彼の早口に割って入る。彼は頬を染めて「失礼しました」と一言、話を本筋に戻した。

「オリハシ先生。先ほど先生は、わたしの思ったことや感じたことを、正直に……とおっしゃいましたね。少し、非現実的なことを伺ってもいいでしょうか」

「どうぞ」

「先生は、呪いや、魔女、というものが実在すると思いますか」

そんなもんあるわけないでしょ、何をバカなこと言ってるんですか大の大人が——と、喉《のど》もとまで上がってきたのを奏はなんとか押しとどめた。いまの自分は女子大生・折橋奏ではなく、占い師オリハシ（代役）だ。細く長く息を吐いて、喋る速度を落とす。

「実在するともしないとも、占い師であるわたくしの口から断言することは差《さ》し控《ひか》えましょう。しかし、サカイ様。この話の流れであなたがそれを口にするというのは、まるでいまのサカイ様が」

一拍置いて。

カメラを見つめ。

「あなたか恋人さんのいずれかが魔女に呪われていると、信じているかのようです」

ディスプレイに映る依頼者の、頬が明らかに引きつった。

奏は何も言わず、カメラを見つめて静止する。そのままじっと眺《なが》め——依頼者が息を呑《の》んだとき、微笑《ほほえ》むように自分の目の力を抜いた。大丈夫、と安堵《あんど》を誘うように。

ディスプレイの向こうで、依頼者が泣きそうな顔をした。

「先生。……笑わないで、聞いてくださいね」

ようやく彼が、口を開いた。彼との根競《こんくら》べに勝ったのだ。

「昨今の彼女は——つねに、誰かと話しているのです」

「誰かと、というと」

どういうことだろう。奏が繰り返すと、サカイ氏は「ええ」と頷いた。

「とても聞き取りにくい声で、誰とどのようなことを話しているのか、内容まではわからないのですが。うつむき加減で、もごもごと……ときどき聞き取れるのは『わたしは』『君が』と。まるでここにいない誰かと、何かについて会話しているようで」

一人称と二人称。それは確かに、相手がいて成立するものだ。

「認識の共有のため、確認をさせてください。それは、サカイ様とともにいるときも、サカイ様ではない誰かと話しているということですね。電話などでもなく——それが恋人さんの対話相手だと、サカイ様が認識することのできない誰か、もしくは、何かと」

「そうです。振る舞いも、心ここにあらずといった様子でいることが多く……と思えば、落ち着きがなく。妙に、そわそわしているときもあります」

その様子は確かに異様だ。いま聞いただけの奏ですらそう思うのだから、誰より近くにいるサカイ氏ならば、さらに違和感を覚えただろう。

「それと」

「はい」

「最近、あまりにそうしてぼうっとしていることが多いから、具合が悪いのなら病院に行こうよと声をかけたんです。呪文《じゅもん》のように何かをぶつぶつとずっと言っているから、どうかしたのかい――と。すると彼女は『呪文。そうかもしれない』と。どうしてか、わたしがそう表現したのが彼女にはいやに面白かったようで、笑いました。彼女にしては珍しく、声を上げてケタケタと……何かに呪われ、あるいは取りつかれたかのように。そして『ならばわたしは、呪いをかけようとしている魔女なのかもしれないわ』と」

魔女。呪い。奏はそんなものを信じてはいないが、いまこの場では、そうとはっきり断言できない。依頼者がそれを原因として強く疑っている以上は、可能性を無下にできない。ノートに「魔女」「魔法」「呪い?」と書いた。ちょっとのストレス解消を兼ねて、矢印を描き「超非科学的」とも。

「わたしのことが嫌いになったとか、そういうことではないようです。……親しい友人に頼み、彼女の様子をそれとなく調べてもらいましたが、浮気や、他の人に気移りしたという様子もないそうでした」

「何か最近、彼女さんが新しく手に入れたものとか、新しく行った場所とかありますか。えっと、その、お気に入りのものとか、方角とかから占えることもありますし。もし何かに……取りつかれているとしたなら、その元凶がわかるかもしれません」

呪いも憑依《ひょうい》もあまりに非科学的だが、ここはそう言わざるを得ない。ローブの中の手をそっと背中に回し、覚えたかゆみを擦《こす》りながら、表情だけは真顔を保《たも》って尋《たず》ねる。

依頼者はしばらく顎《あご》に手を当てて唸っていたが、はたと顔を上げた。

「手に入れたもの……そういえば」

「お心当たりが?」

尋ねると彼は、ええ、と頷いた。カメラの死角でペンを握る。

「手に入れた、というと語弊がありますが。最近、腕時計に興味があるようです」

「腕時計?」

「はい。まだ買ったわけではないようですが、高級ブランドのカタログをいくつも取り寄せているようで……わたしも彼女も、あまり身に着けるものに金をかけるタイプではないですから、珍しいこともあるものだと思っていました」

身に着けるものにこだわらない。その言葉が事実であることは、いまの彼の服装からも知れる。ノーブランドのシャツとパーカー。

何らかの理由があって、彼女の趣味が変わったということか――あるいは。

「それと最近、よく図書館に通っているみたいです。もともと、本にはあまり興味ないタイプだったので、彼女の性格を考えると、図書館にいるのは珍しいことです。彼女の自宅が目黒区立図書館の近くで、ときどき、わたしが迎えに行くこともあります」

「本に興味がない。では、料理のレシピか何かを探しているとか？」

それとも。呪術に関する――と暗い方向の想像が過《よ》ぎったが、幸か不幸か、依頼者はかぶりを振った。

「読んでいるのは、少し古めの、ファッション雑誌でした。最新のものではなくバックナンバーで、貸し出しが可能だったので『借りて帰ったら？』と聞いたんですが、『いいのよ』と言ってそのまま戻してしまいました」

「立ち読みで用は済んだ、ということでしょうか」

「わたしもその日は、そう思ったんですけど……その二日後、彼女の家のリビングに、その雑誌が置かれていたんです」

おや。

「その雑誌に強い興味があって、購入なさったってことですか」

「というわけではなく、図書館の蔵書印があったので、後日、わたしのいないときに、わざわざ借りにいったんだと思います。どうしてここにその雑誌があるのか、聞いてみようかと思ったんですが」

先を言いよどむあたり、どうなったのかは予想がついた。

「尋ねることは、かなわなかったんですね」

「雑誌は少し目を離した隙《すき》に、リビングからなくなっていて」

まるで彼女が、彼の目から隠すように。

「聞きづらくて。そのままになりました」

「なるほど。……では、ファッション雑誌が彼女のその日のラッキーアイテムだった、とかいうわけでもなさそうですね」

冗談で言ったというわけでもないけれど、彼は「ですね」とちょっと笑ってくれた。

「……そうだ、それから、彼女の家では、雑誌と一緒に真っ白な包みがあって」

「包み？」

「ええ。大きめのハンカチのような、レースのついた白い布が一緒に置かれていましたね。中を見ると、土台の錆《さ》びたブローチ、水色の太い蠟燭。あとは新品の鏡も入っていました。どれにも、妙な雰囲気が……まるで……」

「魔女の呪いの道具のようだったと？」

彼は肯定も否定もせず、奏をちらりと見た。正確には多分、奏の格好と、机の上に置いたマジックアイテム（もどき）などを。

「わたしは、彼女が魔女だとは思いません。ならば彼女こそが、魔女のような何か、おぞましいものに呪われているのではないか。もし原因が何かの呪いでなかったとして、わたしがともにいることがストレスになって、いまの状態にあるのなら、結婚の申し込みどころか、いっそ、関係を白紙に戻した方がいいのではないか。そう悩んでいたところ、オリハシ先生のお噂《うわさ》を耳にしました。先生の占いはよく当たる、と。それで」

大事な人の未来のため、自分はこの先どう動くべきか。

「教えていただきたくて、先生にメールを送った次第です」

彼の、組んだ手に力が入ったのが、画面越しにも見て取れた。

「修二さん、これおいしいですよ。生クリームたっぷりで甘くておいしいですよ。はい、あーん。あーん」

「……俺、甘ったるいもの苦手で」

奏の目の前に運ばれてきたのは、先日ウェブで一目惚《ひとめぼ》れした、今月限定のスフレパンケーキ。山のように盛られた大量の生クリームと色とりどりの初夏のフルーツで色鮮やかに飾られたそれは、事前情報どおりにインスタ映えする見た目だし、そして何より、甘党の奏の口にはとても合った。

ぜひとも修二に味わってほしくて一切れ差し出すものの、彼は見た目だけで充分に衝撃的だったらしく、やんわりと辞退されてしまう。

「満足か?」

「もちろんです! あとでツイッターに写真上げよう」

口の中を満たすふわふわふるふるの食感。顔を綻《ほころ》ばせる奏と対照的に、修二はうんざりした様子で「よく胸焼けしないよな」と言った。

修二はタブレットで流れている動画に視線を落としたままだが、一方で奏の話も聞いてくれている。マルチタスクのできる脳が羨《うらや》ましいと思いながら、今度は生クリームだけを口に運んだ。

「そういえば胸焼けってしたことないです、わたし。どんな感覚なんでしょう」

「俺はそろそろ揚げ物系が駄目になってきた。歳《とし》を感じるな」

「わたしは修二さんに介護が必要になっても、修二さんを好きでい続ける自信がありますよ！」

「動画、終わったぞ」

すかさず売り込んでいくものの、あえなくスルーされた。

礼とともに差し出されたタブレットを受け取り、下部のスクロールバーを人さし指で右へ左へと動かす。画面の中で依頼者が語ることは、結婚運、二人の馴《な》れ初《そ》め、恋人の行動――それから、

「概要は理解した。それで『魔女に呪われている』か」

「そうなんですよ。いったいどう『占い』をしたらいいやら」

奏は頬に手を当て、はあ、と大きなため息をついた。修二は「魔女。呪い。本物だったら本人にインタビューも取りたいところだ」などと上機嫌そうにしているが、いい気なものだ。

占い師オリハシの主な仕事は、占いにより依頼人の腹の底にある悩みを覗《のぞ》き、あるいは知って、依頼人を最適な未来に導くことだ。しかし占いなどできない奏は、それ以外の方法で彼らへアドバイスを行っている。

それは、調査と推測。依頼人の話をもとに彼らの行動を調査し、それの持つ意味を推測して、彼らの未来に適切な助言を考え出すこと。また、推測によって考え出した助言を占い師然とした雰囲気で語ること。それこそが、奏の「代役」としての仕事である。

しかし今回は、なんとも一癖《ひとくせ》ある依頼が来てしまった。そういうのは姉本人がいるときに来てほしいと思うが、占い師側の事情など依頼者たちは知るよしもない。

魔女。西洋の歴史やおとぎ話にたびたび現れる、人の女性の姿をして呪術を扱う超自然的な存在のことだ。人を助ける物語、血塗られたエピソード、おとぎ話にはいずれも存在するが、中世の「魔女狩り」など、歴史上ではいい意味で使われたことの方が少ない。

「今回の相談で依頼者が用いたのは、歴史に準じて使ったわけではなく、単純に『呪文を使い人に害為《な》す謎のもの』の象徴としてのものだな」

「ええ——ところで」

趣味と実益を兼ね、ほくほくと饒舌《じょうぜつ》になる修二の話を遮《さえぎ》って、

「修二さんは結婚とか、そろそろご興味ありますか？　年齢的にはアラサーってことで、依頼者さんと同じくくりになりますけど……」

上目遣いで、問いかける。

しかし奏のアプローチが届いた様子はかけらもない。腕を組み小首を傾げて、

「年齢が近ければ似たことに興味がある、ってわけでもないだろ」

「そうですかぁ？」

「その理屈で言うと、同じくアラサーの折橋も結婚にご執心だって話になるけど」

想像する——姉の結婚。

チャペルの中、真っ白なドレスで着飾る姉。

ヴェールに顔を隠し、神に永遠の愛を誓う姉。

ライスシャワーを浴びながら、愛しい人を見上げてはにかむように笑う姉——

「すみませんでした」

「わかればいい」

自分の非を認めて素直に頭を下げると、修二も肩をすくめた。自由奔放という言葉が具現化したようなあの姉に、「結婚」の二文字は到底合わない。

こめかみに手を当てて二度三度と首を振り、つい思い浮かべてしまった珍妙な映像を払って、仕事を自分の片思い事情に利用しようとしたこともついでに反省しつつ、依頼の話に戻ることにする。——結婚運。プロポーズ。魔女。呪文。

「しかし今回の依頼者は、やけに自信なさそうな感じの人だな」

「そうなんですよ。恋人さんが素敵な方なのは理解しましたけど、終始自分に自信がない感じで。最後も、『自分が原因なら解放してあげた方が』って。その恋人さんがこの人を選んだんですからそれでいいじゃないですか。そう思うならさっさと別れたら早いんじゃないですか……って思いますけど、お仕事上そうとも言えませんのでうまい具合に『占い』ましょう」

なむなむ、と手を合わせる。

「なんまんだぶ」

「それは占いじゃないだろう」

しょせんは『代役』だ、細かいことは気にしない。

まずは、相談内容から得られた情報を整理していくことにする。

「読んでいたっていう雑誌の名前は？」

「あ、聞きました。なんだっけ、さな……そう。ローマ字でSANAっていう雑誌だそうです。ちょっとネットで検索してみますね」

「いや、探すよ」

彼はポケットからスマートフォンを取り出すと、親指で画面に触れた。

「修二さん、雑誌記者さんなのにファッション雑誌のことは詳しくないんですね」

「オカルト専門誌の関係者に何を期待してる。……あった」

検索結果を表示させると、スマートフォンをテーブルの上に置いた。「ファッション雑誌情報」と銘打たれたそのサイトには、各社の発行するファッション雑誌の表紙画像とその傾向がずらずらと並んでいる。

スクロールして、目当ての雑誌を表示した。

「SANA。比較的メジャーなファッション雑誌だな。『大人カジュアル』月刊誌で、メインターゲットは二十代後半から三十代前半の女性。オフィスカジュアルとか通勤に合わせる流行のファッションをメインに紹介しているけど、季節のイベントを押さえた特集にも毎月ページを割《さ》いていて……ふうん」

自然な仕草《しぐさ》でコーヒーにミルク差しを傾けながら、雑誌の内容を読み上げる修二。

「で、依頼者の彼女が読んでいたのはSANAのバックナンバーだったわけだ。最新号ではなく」

「ええ。雑誌自体にはVol．49って書いてあったそうですよ。恋人さんの『呪文』っていうところから考えると、おまじない特集みたいなのが組まれていたりするんでしょうか？」

可能性の一つとして挙げてみるが、修二は渋《しぶ》い顔。

「雑誌のメインターゲット層が義務教育世代の女子だっていうなら、おまじない関係の記事っていうのも否定できないけど、大人相手のファッション雑誌じゃ難しいと思うぞ」

「まぁ、そうですよね」

「載せるとしても、星占いが関の山だろ。……それからなんだっけ、腕時計？」

「あ、はい」

奏は鞄からメモ用のノートを取り出してめくる。雑な筆跡で書かれたものの中に「時計」の二文字があった。ウェブカメラとディスプレイに顔を向けながらの筆跡だから、どの文字列もノートの横線には沿っていない。

時計。人がそれを頼るのは、目を楽しませるためだったりファッションのためであったり、時刻を知る以外にも存在価値はさまざまだ。彼女が探した、高価な腕時計のことを思う。あれだって、時を刻む以外の意味があるから価値があるのだ。さて、彼女はなぜ高級ブランドの時計など探していたのか？

腕組みをした修二が、のんびりと言う。

「時計と魔女、ファッション誌……ねぇ。ファンタジー的に考えれば、呪文によって何かの魔法を発動させるため、時計と雑誌を必要としたって感じだろうか。時を戻すための魔法？」

からかうような表情と、あまりにも現実離れした内容。修二としては場を和ませるための冗談だったようだけれど、彼の言葉に奏は、別のことを思い出していた。

「修二さん、学生時代は小説家志望だったたって本当なんですね」

「……誰に聞いたそれ」

「お姉《ねえ》です」

「そうだろうな畜生」

聞くまでもないことだった、とばかりの苦虫を嚙《か》み潰《つぶ》したような顔。

大学時代の修二は、小説家を目指してさまざまな活動をしていたそうだ。姉も、何度か彼の作品を読んだことがあるらしい——奏が姉にその際の感想を聞いたところ、曖昧《あいまい》に笑って何も言わなかったから、つまりはそういうことだったのだろうが。

結局その才能は芽吹くことがなく、小説家としての道は諦《あきら》めたものの、幻想への憧《あこが》れ自体は消えることがなかった、とか。

奏はかわいらしい夢だと思ったが、本人にとってかつて物語を書いていたことはよい思い出ではないようだ。羽虫を追い払うような雑な手ぶりをして、

「昔の話だし、いまの魔法云々《うんぬん》は冗談だ。どっちも忘れろ」

「修二さんの小説ってどこに行ったら読めますか？　あっウェブとかで公開されてます？」

「蒸、し、か、え、す、な」

一音一音を区切るように言われた。

想い人が書いた物語なんて——たとえ一笑に付す程度のできだったとしても——魔女の扱う魔法やら占いで知る未来などより、はるかに有り難いものに決まっている。奏は心底から興味があって聞いたのだけれど、残念ながらいまはその機でないようだ。話を戻す。

「ええと……最近ちまたで話題のブランドとかあるんですかね。時計って」

「学校で、友達と話題になってたりするものとかないのか。それこそ、そのパンケーキみたいに、どこかでバズってたりとか。学生は流行に敏感だろう」

パンケーキの最後の一切れを口に運びつつ、眉根を寄せた。

どうだったろうかと、友達との会話を思い出そうとする。ついでにSNSも。最近のこと、流行のもの。

「わたしの観測範囲内では、時計が話題になってたような記憶はないです。……学校でも、そんなにですね」

「そうか」

「そもそも学生の間でいま一番売れているものって言ったら、必修科目の教科書くらいなものじゃないですか。いま五月ですし、新学期すぐはなかなかの勢いでお金が出ていきますから、各種ブランド品なんて、気になっても買えたお財布じゃないですよ」

今日のペンダントだって、清水《きよみず》の舞台から飛び降りる気持ちで買ったものだし。そもそも時刻なんて、スマートフォンのロック画面で見られるものだ。わざわざ高い金を出していい腕時計を手に入れる気にはなれない。

ついでに自分の財政難も思い出し、しょんぼりと項垂《うなだ》れる。食べ終わったパンケーキの皿が視界に入った。

「ここのパンケーキも、意外と高かったし」

「別のメニューにしておけばよかったのに」

「だって食べたかったんですもん。今月限定のパンケーキですよ。次に来たってそのときにはもう食べられないんですよ」

「お前は本当に、限定モノに弱いな」

くっくっと笑いながら言われるが、限定という謳《うた》い文句《もんく》に惹かれるのは珍しいことではないだろう。限定とか、特別とか、希少性で煽《あお》る文言に人は弱い。……例の「恋人」が高級ブランドの腕時計を欲しいと思ったのも、そういう気持ちからなのだろうか。それとも？

奏は、皿をまじまじと見た。

「お皿のクリーム、舐《な》めておいた方がいいでしょうか」

「品がないからやめとけ。ここは俺が奢《おご》ってやるから」

「本当ですか。修二さん好き」

「お前の『好き』は、聞くごとに安くなるんだよなぁ」

「大好き！」

「株価暴落中だな」

ハグを求めるように両腕を突き出すが、もちろんテーブルが邪魔してかなわない。修二はそんな奏を見ながら、コーヒーを飲み干した。

「これ以上、ここで悩んでいても埒《らち》が明かない。情報収集に行こう」

「情報収集？」

「書店でも覗きに行こう。魔女や呪いの資料だとか、ファッション雑誌もたくさんあるだろうし。ここで空いた皿を睨《にら》んでいるより遥《はる》かにいいだろう」

伝票を取り、立ち上がる修二を見ながら奏は思う。――つまりそれは言い換えると、

「本屋デートですね！」

「情報収集」

両腕を振り上げて喜んだものの、あえなく訂正された。

＊　＊　＊

森重修二は折橋姉妹のことを、「奇妙な奴《やつ》ら」だと思っている。

姉の方、折橋紗枝と修二の交友関係が始まったのは、大学のゼミでのことだった。特別馬が合ったというわけではないが、折橋はゼミでしばしば常識から外れた発言をし、しかしどれも正鵠《せいこく》を射ているものだから、面白い奴だと思ったのだ。

他のゼミ生は彼女の突飛な発想を怪訝《けげん》に思い距離を置いていたものだから、折橋のことを「悪く思っていなかった」というだけでも、折橋と修二は相対的に近しく見えたらしい。もしくは、オカルトに関して興味を持つ修二と人並み外れた行動をする折橋紗枝を、同類と見做《みな》したか。周りからは自然と二人一組で扱われるようになった。

——さて、その一方で。

折橋姉妹の妹の方、折橋奏という人は。

「わ、たくさん揃《そろ》ってますね」

依頼者の恋人が気にしていたというキーアイテム——雑誌。餅《もち》は餅屋、本は本屋だと、二人はカフェの近場の書店を訪れることにした。「新宿にある、なるべく大規模な書店」。

どこが近いだろうかとネット検索した結果、たどりついたのは紀伊國屋《きのくにや》書店新宿本店。

さすがは九階建ての大規模書店、昨今は縮小されがちな雑誌コーナーも広く面積が取られ、多くの種類の雑誌が陳列されている。その中で、奏たちが最初に寄っていったのはペットの専門雑誌だった。折橋家は猫を一匹飼っているから、そのせいだろう。折橋紗枝が「占い師オリハシのマスコットに使える」という理由で河川敷《かせんじき》で捨てられていたのを拾ってきたが、もっぱら奏が世話しているため、紗枝の方にはほとんど懐《なつ》いていない。

「あの、修二さん」

「うん?」

名を呼ばれて、返事をする。

ペット専門誌はもう気が済んだようで、隣のファッション雑誌の棚を眺めている。並んだ雑誌に立ち読み防止の紐《ひも》やシュリンクはない。奏はラックから雑誌を一冊取り上げると、不思議そうにこう言った。

「ファッション雑誌で魔法とか、呪いとか、そういうものに関係していそうなのっていったら、まずは星占いのページかなって思ったんで、探してるんですけど」

「ああ」

「どうしてファッション雑誌って、必ずどこかに星占いのページが入ってるんですかね」

「まぁ、載せるのは六星占術でもなんでもいいんだけどな。占いとして比較的メジャーだっていうのと、女性受けするイラストをつけやすいからだろう」

「かわいいイラストをつけたいなら、十二支でもいいんじゃないですか。動物たくさんだし、ウサギもかわいいですよ。羊とかだって、もこもこしてるし」

「ファッション雑誌には、つねに『対象としている年齢層』ってものがある。干支《えと》ってのは、一回り十二年だ。極論、ハイティーン向けの雑誌だったら対象にしている年齢には含まない干支もある。干支ってのは十二支全部揃ってこそ干支だから、全種類分の占いを載せないわけにもいかないが、せっかく誌面を割いたところで半分近くの干支は無駄になるじゃないか」

「ああ、なるほど」

「あとは、友達同士で集まって読んだりするときに、各々の所属ができるだけ分散した方が話題になるだろ。同級生と雑誌を読むとき、星占いなら十二ヵ月分あるから分散する可能性は充分にあるが、干支だったら二種類にしか分かれない」

「どこかで留学した人とか、留年したり浪人したりした人もいるから、二種類とは限りませんけど」

「揚げ足を取るな」

奏は拗《す》ねたように唇を吊《つ》り上《あ》げ、顎に皺《しわ》を寄せた。感情が顔に出やすいところは、妹特有の性質だ。手にしていた雑誌をラックに戻すと、今度こそ目的の雑誌を引き抜いた。

躍る文字は特集記事の見出しの羅列、「ＳＡＮＡ」のタイトルロゴの隣には依頼者が言っていたのと同じように号数がある——Ｖｏｌ．60。初夏らしい水色のシャツにサブリナパンツを合わせた髪の長い女性モデルが、ハンドバッグ片手に涼しげな表情をこちらに向けている。

「占い、ＳＡＮＡは何が載ってる？」

「ちょっと待ってくださいね。ええと、占い、占い……教団『希望のともしび』幹部、謎の一斉解雇から七十日……有名タレントＫ、事務所移籍にダブル不倫の影《かげ》……霊媒師・鬼《おに》木百合子《きゆりこ》の長男俳優デビュー……えっ、女優・瀬奈川《せながわ》アヤ深夜の密会疑惑！」

「別の雑誌の広告だろ、それ」

「あ」

占いはどうした。

「それより俺は霊媒師の記事が気になる。長男がなんだって？」

「あとで自分で買って読んでください、オカルトオタク」

一蹴《いっしゅう》された。

五月二十日発売だという写真週刊誌の次号広告は、占星術の前ページに差し込まれていて、目当てはすぐに見つかった。開いて最初に目に入ったのは、まるまるした牛のイラスト。

「最新号を見る限りは、一般的な十二星座の星占いですね。アドバイスだのラッキーアイテムにも特筆すべきところはないと思います」

「念のため聞くけど、呪いの取り扱いとかは」

「ざっとしか眺めてないですけど……まぁ、なさそうですね」

それはそうだ。「SANA」はファッション誌であって、オカルトを扱う雑誌ではない。

「ないか。やっぱり」

「なんで修二さんが不満そうなんですか」

「あったらちょっと嬉しかったなとか思ってないぞ」

思っていないとも。

最新号は、図書館で彼女が読んでいた雑誌そのものではないが、新企画としてその月だけ「呪い特集」やそれに似た企画を行ったというのも考えにくかろう。メインの取り扱い情報とあまりにジャンルが異なりすぎている。

「あ、店員さんに確認しましたけど、SANAのバックナンバーは三ヵ月前までしか置いていないそうです。需要の多い雑誌でもなければ、一年近く前のバックナンバーの取り扱いはほぼないって伺いました」

「そうか」

「あ、それと」

「何？」

「残念ながら修二さんのところのオカルト誌も、バックナンバーは三ヵ月しか」

「取り扱いがあるだけで有り難い」

いちいち調べなくていいと答えるべきか迷ったが、いかにもすまなそうな顔をしているので、無難《ぶなん》なところに留めておいた。

差し出されたファッション雑誌を受け取りながら、修二は考える。バックナンバーが手に入らないのは残念だが、それをいま言ったところで仕方がない。他にここで何が手に入るだろう。時計の歴史？　それとも魔女の逸話を書いた物語でも探してみようか。奏の方はどうだろう。書店でまだ何か見たいものはあるか——と尋ねようとした、が。

修二は結局、何も言わずに口を閉じ、奏が何か言うのを待つことにした。何に気づいたのか、雑誌の並んだ本棚を、興味深そうにじいと見つめていたからだ。

どれだけの時間のあとか、奏は「四十九」と小声で呟いた。

「奏？」

「すみません修二さん、その雑誌、少しお借りしてもいいですか」

言われた通りに、雑誌を渡す。彼女は受け取った「ＳＡＮＡ」を開くことなく、じっと表紙を眺め——そして。

雑誌を修二に戻し、自身の鞄からタブレットを取り出してイヤホンをつなぎ、手早く例の動画を表示させる。右耳にだけイヤホンを嵌《は》め、左手でタブレットを支え、右手でスクロールして動画の一部を再生する。

「……君、って言っていた。あなた、ではなくて」

「え？」

うつむいた奏が呟いた。聞き返すも答えはなく。

どれだけの時間が経《た》ったあとか、奏はイヤホンを外し、ゆっくりと頭を上げた。それを見て修二は——

「お」

折橋、と姉への呼称で呼びそうになったのを慌てて押しとどめた。

奏が修二に見せたものは、穴が開いたように虚《うつ》ろな黒い目。姉が何かを見通すときにするその目を、奏は何かを深く考えているときにする。

——修二は折橋姉妹のことを、「奇妙な奴ら」だと思っている。用いる方法は異なれど、二人とも同じように、その目で未来を見通すのだ。

姉の紗枝は、神秘とも言える力で未来を見通す。

妹の奏は、人知によって論理的に未来を見通す。

「わかりました」

占いではなく推測で、すべてを見通した奏は言った。

「依頼者の恋人さんの、『魔女の呪い』の正体がわかりました。彼女が時計を欲しがった理由も、雑誌のバックナンバーを読んでいた理由も、集めていた『呪いの道具のようなもの』も——彼女の呟いていたそれが、いったいどういう『呪文』なのかも」

森重修二は思う。

折橋姉妹は、奇妙な奴らなのだ。

＊＊＊

奏の家は、東京は世田谷《せたがや》区の砧《きぬた》にある十階建ての分譲マンションの一室だ。

各所オートロック有、各種防音設備有、警備会社と管理会社は二十四時間対応、コンシエルジュ有、ペット可。占い師オリハシの職場も兼ねたそういう物件に、奏は姉と二人で住んでいる。

「相変わらず、いいマンションだな」

「そんなことないですよ……ってわたしが言うのも、ちょっと変ですね」

マンションを見上げる修二の率直な感想に、奏は少し悩んでそう答えた。女性の二人暮らしだから多少値段が張っても安全性の高い物件を、と探してきたのは姉だ。

——話をするのに落ち着いた場所をと考えたとき、最も手近だったのが自宅だった。修二は招待されるたび「女性二人の家に上がるのは」と難色を示すが、もう短い付き合いではないからいまさら姉妹は気にしていない。堂々と入ってくればいいのに、と思う。

ロックを解除、エントランスを通り、エレベーターを上がって二人の部屋へ。

「ダイズ、ただいま」

奏の帰宅の挨拶に、鈴の音が近づいてくる。ちゃかちゃかフローリングを走る爪《つめ》の音がして、玄関に茶虎《ちゃとら》の猫が現れた。折橋家の飼い猫、ダイズだ。奏の足もとまでやってくると、ダイズは頭をぐりぐりと奏に擦りつけた。

「ダイズ、ダイズ、今日はお客さんが一緒だよ」

「お邪魔します」

奏に抱き上げられたダイズは、のんびりした様子で「にゃお」と言った。同時に修二の目がだらしなく緩んだので、愛猫に対し少しだけ芽生《めば》えるライバル意識。

「お茶用意してきます。リビングで待っててください」

「お構いなく」

ダイズを渡された修二がリビングに入っていくのを見送って、奏はキッチンへ向かう。

来客用の紅茶を淹《い》れ、お茶請けに煎餅《せんべい》を持ってリビングへ。奏が用意している間、修二はダイズの腹をもしゃもしゃ撫《な》でながら、雑誌を読んでいた。

紅茶を注いだカップをテーブルに置き、片方を修二の方へ差し出しながら、奏は、

「さて」

と、短い言葉で切り出した。

「わたしはオカルトだとかスピリチュアルだとかは、この世に存在しないと思っています。だから今回の一風変わった依頼にも、もちろん何らかの論理的な原因があるはずです」

「……奏がそう言い出すってことは、つまり今回も」

修二は濡《ぬ》れそぼった犬のような表情をした。

「ええ、修二さんには残念でしょうが、原因はオカルトなどではありませんね。……そん

な顔しても駄目ですよ」

首を左右に振る。想い人が傷ついているよ、とでも言いたそうに恋愛運を上げるペンダントトップが揺れて奏を叩くが、残念ながらいまは譲れるときではない。

――奏ちゃん、しばらく代役よろしくね。

なおも揺れるアクセサリーを疎《うと》ましく感じて、首の後ろに手を回しチェーンを外した。

いまは大事な仕事のときだ。

「それでは」

神懸り的な能力を持たない奏は、調査と推測により結論を生み出す。依頼人の話をもとに情報を得、事実を調査し、それの持つ意味を推測して、彼らの未来に適切な助言を考え出すこと。また、推測から考え出した依頼人への助言を、占い師然とした雰囲気で語ること。それこそが、奏の「代役」としての仕事である。

持ち込まれた奇妙な依頼に、推測を以《もっ》て一つの結論を得た奏は、それこそが自身の導くべき「運勢」であると確信して――

「占い結果の推測を始めましょう」

ふふ、と小さく笑ってみせる。

このたび占い師オリハシに舞い込んだのは、「結婚運を占ってほしい」という依頼。依頼者にはプロポーズを考えている恋人がいるが、昨今の恋人はまるで「魔女に取り憑《つ》かれたようである」と彼は言う――さて、そんな奇妙な恋人の、奇妙な行動の真意とは。

「恋人のそれらの行動が、恋人側の浮気や心変わりによるものではないということは、依頼者によってすでに確認済みです」

奏は占うべき前提条件にそう補足を入れて、茶を一口啜《すす》った。

他に確認しておきたいことはあるだろうか。修二を見ると、彼は肩の高さで手をひらひらと動かした。ない、のジェスチャー。

その気安い仕草からして、今回の案件に関しオカルト路線で追究することは完全に諦めたようだった。ところで、滑《なめ》らかに揺れる彼の指を見たダイズがらんらんと目を輝かせているから、飛びかかられないように気をつけてほしい。

「心変わりではないとしたなら、なぜ依頼者の恋人さんは依頼者の前でそのような態度を取ったのか？　依頼者の持ってきた情報より推測しましょう――キーワードは、図書館、雑誌、腕時計、彼女の性格」

「性格？」

「順番に行きますね。まずは図書館の雑誌のことから行きましょうか」

ちらり、とテーブルの上を見る。

視線に気づいた修二が、それらを取って奏に渡してくれた。先ほど書店で購入した、二冊の雑誌。愛らしい猫が表紙を飾る片方はいまは無用のものだが、礼を言っていずれも受け取る。大事なのはもう片方の――ファッション雑誌、「ＳＡＮＡ」Ｖｏｌ．60。

「ＳＡＮＡという女性向けのファッション雑誌ですが、ファッションを知りたいなら普通、最新号を読みますね。彼女さんが敢《あ》えてバックナンバーを選んで読んでいたことから、最新のファッションを知りたかったというわけではないことがわかります」

「だとしたら、彼女は読んでいた雑誌に何を求めていた？」

「単純な話で、ＳＡＮＡは月刊誌です。月に一冊新刊が出ます。彼女さんが読んでいたのは四十九号であると依頼者さんはおっしゃいました。今月は五月ですから……」

六十引く四十九は十一。

おいしかった限定パンケーキのことを思う。いまは五月だから、十一ヵ月前は――奏は右手を開き、左手の人さし指を手のひらに当てた。

「彼女が読んでいた四十九号は、六月号です」

六月。年間で言えば、今日現在の月より、ひと月だけ先を書いたもの。

「季節としては夏。あるいは梅雨時といったところか。掲載されているのは、その時季にまつわるファッション？　となればレインコート、傘、雨靴」

「いえ」

奏は首を振った。

彼女は日常のファッションのために、雑誌を眺めていたのではないのではないか。

「お考えください、修二さん。ファッションにさほど興味がない彼女。そんな彼女が『女性向け』雑誌のバックナンバーを読んでいる。該当のバックナンバーは六月のもの。また、該当の雑誌は、その季節に関係する特集のためページを割いているとおっしゃいました。さらに、さらにです。——彼らはいま、恋人とどのような関係になることを意識していますか？」

そこまで言えば、修二も察したようだ。

「……ジューンブライドか」

「そう、わたしは考えました」

依頼者は「お互いに」それを意識していると言っていた。であれば、彼女の意識も同じなのだ。加えて、

「もう一つ申し上げましょう。依頼者はこうもおっしゃいました。『彼女は積極的な性格で、二人の関係が始まった告白も彼女からだった』——結婚を意識するようになった相手

に、彼女は『自分から』プロポーズをしようと思った、とは考えられませんでしょうか」

「なるほど。逆プロポーズ、なぁ……」

感心したような修二の言葉に、んふ、とつい笑いが漏れる。急いで口もとに手を当てたけれど、残念ながら聞かれてしまった。

からかうつもりのものではなかったものの、恨めしそうに睨まれる。

「何の笑いだ、それ」

「修二さん、意外と感性が古いんだなぁと思って。いまどき大抵のことは『男女平等』ですよ、求婚に逆も何もありはしません」

——そして。依頼者がもう一つ気がかりに思った要素「高級ブランドの腕時計」。

「男性は一般的に、女性ほど指輪をする習慣がないものです。それを考えると、女性から男性へ求婚をするのに、渡すものが婚約指輪というのも、面白みのない話だと恋人さんは考えたのでは」

「過去のファッション雑誌を見ていたのは、エンゲージリングの代わりに贈れるものを調べていた、ということか」

「現代には、エンゲージウォッチ、という文化があります。指輪よりはるかに男性へ贈りやすく、実用的で、つねに身に着けていられるもの。いくらファッションに頓着《とんちゃく》しなくても、着飾らなくても、必要とされるもの。彼女さんがプロポーズを考えたとき、腕時計に興味を持つのは自然なことだったでしょう」

「それじゃ、恋人が日頃呟いていた『呪文』というのは――」

「難しい話でも、なんでもないです。彼女は、姿のない誰かへ話しかける際、『君』を二人称として使っていました。そこまで親しくもない相手と話をするなら、普通は『あなた』を使うでしょう。だからその言葉は、魔女やそれに類する何かへの呼びかけなんてものではなく、もっと近しい相手に対するものだったんです。たとえば――君が好きだ、わたしは君と結婚したい、とか」

「彼女は彼の勘違いを洒落《しゃれ》て、自分のプロポーズを『彼の一生を縛る呪い』、そしてその呪いを扱おうとする自分を『魔女』と表現したのか」

「んふふ」

つい、笑みが漏れる。

「サムシングフォー、というおまじないがあります。古いもの、青いもの、新しいもの、人から借りたもの。この四つを結婚式で身に着けると幸せになれる、というやつです。彼女の家で布に包まれていたものは、そのうちの前三つだったのではないでしょうか……呪《のろ》いと、お呪《まじな》い。なんともかわいそうな行き違いだったと思います」

結論。『プロポーズをしたいが恋人が妙に挙動不審でいる』という依頼者の抱えた不安。彼女の不審な行動の理由。その真実とは、

「彼女も依頼者と同じように相手へのプロポーズを考えていたから、挙動不審になっていた、ということか」

「相思相愛、なかなかお似合いのお二人ではなかろうか、と思いますね」

一言で表してしまえば、バカップル万歳《ばんざい》といったところだ。

話しながら考えを整理していて、一つ思いついたことがあった。奏はスマートフォンを操作して、目当てのものを探す。――見つけた。

奏は画面を表示したまま、スマートフォンを修二に向けた。「SANA」を出版している会社のサイト、雑誌のバックナンバーを紹介しているページだ。ファッション雑誌「SANA」、号数は四十九、六月号。特集欄に「いまどき女子のプロポーズのすすめ」とある。裏づけとしては充分だろう。

「といったところで、一応、結論は出たな」

本物の魔女じゃなかったかぁ、と修二。明らかにがっかりしているが、つじつまの合う結論が出せたことは奏としては嬉しいことだ。――ただ、

「これでめでたしめでたし、です。……とは、まだ言えないですね」

まだ、手放しで喜べた状態でもない。奏が、たとえば友人の恋模様を眺める第三者という立場であれば、このあたりで二人の恋路の幸せを祈り、幕を引いてしまえるのだけれど。

残念ながら奏の場合はそうもいかず、どころかここからが一番大きな仕事となる。

なぜなら奏は、依頼者から、「占い師としての仕事」を仰せつかっているのだから。

「ここから『占い』の結果を考えるんですけども……」

これがまた、なかなかの難問なのだ。

奏は彼らの友人ではないから、彼らの恋路を見守ればいいわけではない。

探偵ではないから、事実を伝えればいいわけでもない。

依頼者の未来、依頼者のためのアドバイスを、さも占いでそう現れたかのように見せかける技術。タロットカード、星占い、筮竹《ぜいちく》、手相……何をらしく伝える手段として使ってもいいけれど。

それがあなたの未来なのだと、人知の及ばぬ力で運命づけられたものなのだと、いかにも道を極めし占い師であるかのような振る舞いで伝え、信用させ、適切に依頼者の背を押すこと。そこまでが『占い師代役』の奏の仕事だ。

「さぁて、どうしようかな」

「迷うほどのことでもないだろう」

眉間《みけん》に皺を寄せ、顎に手を当てる奏と対照的に、あっけらかんと修二が言う。

「お互いの気持ちは同じなんだから、『あなたの恋愛運はいまが最良と出た』『彼女が挙動不審に見えるのはあなたの気のせい』『プロポーズは成功するから安心して思いを伝えてください』って伝えればいいんじゃないのか」

「それでもいいんですけど……」

「もしくは、彼女もプロポーズを考えているから、わざわざ自分から言わなくても、彼女の動向を待っていればそのうち叶《かな》いますよ、みたいな」

「そういうことを占いっぽく？　うーん」

バスケットの茶菓子を物色しながら、依頼者と、その恋人のことを思う。

積極的な彼女。押しに弱く流されてきた依頼者。二人の関係性を考えれば、確かに修二の言う通りに伝えてしまうのが、一番妥当なのかもしれないけれど。

「それは、多分違うと思うんです」

「違う？」

「ええ。代役とはいえ、これも商売なわけですし」

バスケットから煎餅を一枚取り、中央から二つに割る。

ぱきん、といい音がした。

「アフターサービスも万全に、っていうのが理想じゃないですか」

その夜。奏は占いの結果が出揃《でそろ》ったと、依頼者へメールを送った。

返事があったのは翌朝。素早い仕事に対する礼と、すぐにでも結果を聞かせてほしいという、文面からも明らかに前のめりな様子が窺《うかが》える答えがあり――

「先生。……占いの結果は、どのように出たのでしょうか」

その日の昼、奏はまたディスプレイ越しに、依頼者サカイ氏と相対した。

「ご依頼の件に関して、サカイ様と彼女さんの星の巡りを占わせていただきました。ええと、占星術とか、カードとか……方角とかなんかこう、そういったもので」

「はぁ」

「なむなむ」

手を擦り合わせてそれっぽく。のち、見えない位置でスマホのライトを点《つ》け、手もとに置いた水晶玉代わりのビー玉へ、きらりと反射させてみせた。

さて。奏は一呼吸置き、「占いの結果ですが」と極力低く抑えた声で言った。

マイクにエコーでもかけたいところだが、やりすぎると胡散臭くなるので堪える。

「二人の相性は、とてもいいです。恋愛運もとても落ち着いて推移しております。結婚の話をするのは、悪い時機ではないと思います」

「そう、ですか。……では、そのうち、二人の状況が落ち着いたところで……その。彼女と、今後のことを、話し合ってみたいと……」

「ですが、サカイ様」

奏は彼の気弱そうな笑顔と言葉を遮り、逆接の接続詞を重ねた。もしここで彼が「ならば自分からプロポーズします！」と堂々と宣言するのであれば、この先を話す必要はあるまいと思っていたが、この様子では期待できない。

それではよくない。——ここでおしまいにしてしまっては、彼らのためにならないのだ。

「サカイ様、わたくしがこれより申し上げることを、落ち着いてお聞きください。これから先の、お二人の星の巡りのことです」

「わ、わたしの運勢がどうかしましたか」

低い声で脅すように呼ばれた自分の名前に、彼は面白いほど狼狽《ろうばい》してくれる。

奏は適当に積んだ百人一首の山から一枚目をめくり、真顔でじいとそれを見つめながら言葉を続ける。あしびきのなんとかかんとか。

「いえ。サカイ様は……そうですね、半年ほどはいまとさほど変わらぬ状態が続くでしょう。わたくしが注意点として申し上げたいのは、恋人さんのことです」

「や、やっぱり彩《あや》の身に何かが？」

彩。――そういえば恋人の名前は聞いていなかったな、といまさら気づいた。

「彼女に取りついた『魔女』のことです」

魔女。物騒《ぶっそう》な言葉に依頼者の顔色が変わったのが、ディスプレイ越しにもわかる。

奏は一度うつむき、ゆっくりと顔を上げた。カメラをじろりと睨み、

「あなたも気づいていた、恋人さんの怪訝な様子、違和感。その原因となるもの、ですが……実は、彼女はいま、恐るべき大きな感情に取りつかれております」

「大きな――感情？　それはいったい」

「残念ですがそれは、わたくしの口からは。あなたが『おぞましいもの』と呼んだもの、彼女の心はいまそれに囚《とら》われているのです。放っておけばそれは、いつか、彼女の心を乗っ取り、行動となって現れるでしょう」

つまるところ奏は「彼女さんはあなたにプロポーズしたいらしいですよ」「いまプロポーズの言葉を一生懸命決めているみたいなので、決まったらあなたにプロポーズすると思いますよ」を遠回しに言っているのだ。

しかしそんなこととはつゆ知らず、雰囲気に呑まれた依頼者は、奏の言葉を受けて面白いほどに狼狽している。

「か、か、か、彼女が……悪いものに……」

「魔女。呪い。縛るもの。おぞましいもの。どのような言葉で表現してもいいですが——サカイ様。それから彼女の心を解放できるのが、あなたの存在であるのです。これより先のあなたの星の巡りは、まるで彼女を救うために位置しているかのようです」

光を当てられたかのように、はっと肩が跳ねる彼。

奏は二枚目のカードを持ち上げながら、淡々と話し続ける。ももしきや。

「この先の彼女を救うため、あなたが彼女の誰より近くにいる必要があるのです。いまならまだ間に合います、一刻も早く彼女にいまの思《おも》いの丈《たけ》を伝え、あなたの近くにいたいと宣言するのです。——それこそが彼女の行動を止める、唯一の手立てなのです」

あなたしか救えないと、唐突に救世主役を押しつけられた彼。その様はまるで喘《あえ》ぐようだった。それはそうだろう、気弱で流されるままで、これまでずっと彼女に引っ張ってきてもらった彼が、今度はあなたが彼女を守るべきと突然に告げられたのだから。

「あなたは彼女に幸せでいてほしいとは思わないのですか？」

「そんなことはない！」

目を剝《む》いて即答するその姿は、とても嘘《うそ》には見えず、

「他の誰より彼女には幸せになってほしい。彼女の幸せを願っている」

その言葉に、嘘偽りはないようだった。だから。

「で、あれば」

少し突き放すように、淡白な声を作って奏は言う。

彼女の幸せを作れるのは、わたしではなく、あなただけだと。

「あなたがいますぐ成すべきことは、決まっているはずですね」

ディスプレイ越しに見る顔は、戸惑いながらも、何かを覚悟したように思えた。


占いの鑑定料は、半額を前金として、もう半額を占い後に口座に振り込んでもらうことになっている。奏は、すべきことを自覚し、急《せ》くように対話を終えた依頼者が、残金の振り込みを忘れないでいてくれることを祈った。

パソコンの電源を落とし、百人一首を箱に戻す。ＬＥＤ蠟燭を持って「着る毛布」の裾《すそ》を引きずりながら仕事部屋のドアを開ける——と、

「言うねえ」

「にゃあ」

廊下、ドア横の壁に寄りかかるようにして、修二とダイズが待っていた。

「相談に乗った手前、最後まで付き合ってやる」とわざわざ今日も様子を見に来てくれたのだけれど、そのにやにや笑いを見るに、占い師ぶっていたところを聞かれていたということだ。ちょっと恥ずかしい。

「リビングで待っててください、って言ったのに」

「たまには奏の仕事ぶりも知っておきたいと思って。名演技ご苦労さん」

褒められているのか、馬鹿《ばか》にされているのか。

「茶化《ちゃか》されるほどのことでは。わたしはただ、『彼女の最良のパートナーはあなたしかいない』を、ちょっと大げさに言っただけですよ」

奏は占いはできない。スピリチュアルなあれこれも信じていない。

だからちょっと小物を使って、ちょっと推測を占いと偽って。ちょっと彼の未来を脅して為すべきことを示してみせただけだ。そう、どれもこれも、ほんのちょっと。

「真実を言えば、自分に自信のない彼はうだうだと結論を先延ばしにしたでしょう。さらに、彼女も結婚を考えているということを話してしまえば、きっと彼女から言ってくれることを待ったはずです。でも――」

「プロポーズはやっぱり男からされたいものだ、って？　男女平等の世の中なんじゃないのか」

先を奪うように修二が言うけれど、奏の意見はそうではない。首を振って、足もとにまとわりつくダイズを抱《かか》え上《あ》げ、

「平等ですよ」

もふりとやわらかくあたたかい、ダイズの背中に頬を当てた。

「男性だって女性だって、相手から愛されていることを確かめたいものです」

好きな人に愛していると言われたら、どれだけ幸せなことだろう。たとえば奏だって、恋する人に好きだと言ってもらえたら。ちらりと意味ありげな視線を向けると、修二は気まずそうに咳払いをした。

ただ、ここで修二をいじめても、自分の性格の悪さが露見するだけでどうにもならない。リビングに移動し、ソファに腰かけ、正解を伝えることにする。

「彼女さんは、推測の通り、彼への逆プロポーズを考えていました。でも、一方で、彼からプロポーズされることを望んでいたんです」

「どうしてそれがわかる?」

彼女のいじらしさに、うふふ、とつい笑みが漏れる。

「図書館で借りたファッション雑誌と、サムシングフォーのアイテムのうちの三つ。これ

みよがしに『リビングに置いてあった』んですよ」

「……ああ」

まるで恋人に、見つけて、意識してくれとばかりに。

依頼者はいままで、ずっと彼女からのアプローチを受け取ってきた。ゆえに今回くらいは、彼から愛を告げるべきだと思ったから、そうなるように誘導したのだ。お互いがお互いの気持ちを、言葉で確かめられるように。きっとその方が平等で、公平で——そうした方がきっと、二人の仲はうまくいく。

「だから修二さん、さぁ。さぁ！」

「何が、さぁ、だ」

わたしはいつでも受け入れ態勢ができていますよと、左腕を広げてアピールするも残念ながら修二の心には相も変わらず届かない。支えが片腕のみとなって不安定になったダイズに「にゃあ」と叱《しか》られたのでやめた。

……といったところで今度こそ、晴れて占い師の代役業務は終了だ。もう何度も繰り返させられたことではあるものの、無意識のうちに緊張していたらしい。円満解決に安堵して、自然と大きなため息が漏れた。

腕の中の重みをずしりと感じて、奏は床にダイズを下ろす。

「ああ、もう、今回も疲れました。――お姉、早く帰ってこないかな」

伸びをして、こぶしで肩を叩く。姉は、自分のせいで妹がこんなに苦労していたところで、知ったことではないのだろう。上着のポケットからスマートフォンを取り出して、画面を確認する。姉からのメールが届いたという通知は、無論、ない。

「だけど、あいつがいなくても、『占い師オリハシ』は充分に成り立つんじゃないか。さっきのお前の、占い結果を依頼者に伝える口調、まさに本物の占い師っぽかったぞ。この俺が言うんだから、間違いない」

「勘弁してくださいよ」

オカルトオタクの勝手な太鼓判に、奏はぷん、とそっぽを向いた。

「そんなこと褒められても、わたしはまったく嬉しくないです。眉目秀麗《びもくしゅうれい》成績優秀カナちゃんには、もっともっと褒められるべきところがあるはずです」

「自分で言うかね。……まぁ、今後の参考に聞いておこうか。奏だったら、どういうことを褒められたら嬉しくなるんだ」

「それはもちろん。かわいらしさとか、女性らしさとか、それから――そう」

一拍置いて。

修二を見上げて、

「恋人候補として、とか？」

「さて諸々《もろもろ》解決したし俺もそろそろお暇《いとま》するかなっと」

次の記事の〆切《しめきり》が近いんだ、とかなんとか言って素早く目を逸らされたがそうはさせるか！　ソファから立ち上がりかける修二の左腕を両手で摑《つか》み、

「話は終わっていませんよ修二さん！」

「帰らせてくれぇ」

「まだ駄目です。そうだ、修二さんオカルト好きなんですから、おまじないとかも守備範囲ですよね？　わたしもサムシングフォー集めておきましょうか。ええっと、古い猫じゃらし、新しい猫じゃらし、修二さんから貰《もら》った猫じゃらし、それから青い——あっ、こらダイズ！」

リビングのあちこちに転がったダイズのおもちゃを一つ一つ並べてみるも、「にゃっ」と一声飛び込んできたダイズが、奏のサムシングフォーをものの見事に蹴散《けち》らしてくれた。

第二章

蛇憑きと勝負運

奏が大学で社会情報学というたく現代社会に根づいた学問を修めようと思ったのは、別にスピリチュアル関係を生業とした姉への反抗心とかそういうものがあったわけではなく、単純に自分の興味の方向がそうであったからというだけの話だ。

奏は、いかに情報を仕入れるか、また仕入れた情報をいかに取捨選択し利用するか思考することに、強い興味を持っていた。そういう奏が、人間のコミュニティにおける情報の伝播《でんぱ》、現代社会における情報の多様な有り様を統計的に捉える学問に興味を持ったのは実に自然なことだったと言える。

また、大学では、占い師オリハシの身内であるということを敢えて公言してもいないから、そこらによくいる一学生としての学生生活を得ることにも成功している。スピリチュアルやらオカルトやらと縁遠い授業内容はどれも目新しい話ばかりで興味深く、教員や友人にも恵まれ、恋に友情にと忙しくもごくごく平凡なキャンパスライフを送る日々だ——が、だからといって、

「そういえば、奏のお姉さんのことなんだけど」

と言われる機会がまったくなくなるわけではない。

「変な顔」

二限の情報学総論が終わり、大学は昼休憩に入る。

学食の隅《すみ》、二人がけのテーブルにて。奏の向かいでカレーを掬《すく》った拝郷三矢子《はいごうみやこ》は、鼻の穴を広げた奏を見て、面白そうにけらけら笑った。

「奏って、お姉さんの話するといつも面白い顔するよね」

「お姉の――っていうか、お姉の仕事に関して何か言われるときは、だいたいろくなことがないからね」

いわゆる一つの「経験則」というやつだ。姉のことは決して嫌いではないが、姉のことを言われるときは、大抵「っていうことは奏も占いできるんでしょう実はわたしいま気になっている人が」もしくは「もっとしっかりしたお仕事に就いた方がいいんじゃないの妹さんからしっかり言ってあげなさいなまったく」などと続く。いずれも何百回と聞かされた言葉だった。姉は姉であって、奏ではないというのに。

拝郷は大学に入って知り合った、奏の気心知れた友人だ。彼女がそんなことを言うような性格でないことくらい知っていたけれど、苦い顔をしてしまうのは条件反射だ。

とはいえ。いま奏が反応したのは、そういった憂鬱《ゆううつ》な感情からではなかった。

「そんなことより。うちのお姉がどうかした？」

取り上げかけた味噌汁《みそしる》の椀《わん》を戻しつつ、尋ねる。

どこで何をしているのやら、本日五月十九日時点においても姉からはいまだ一切の連絡がない。もしそこらでのんきに買い物でもしていて、それを拝郷が見かけたというのなら、聞いておいて損はなかろう。

しかし、奏の予想は外れた。拝郷が首を左右に振ったのだ。

「いや。実はさ」

「うん」

「うちの大学の映像研究サークルの会長が、スピリチュアルにハマってて」

「大丈夫なの、それ」

別の意味で興味を惹かれた。

スピリチュアルにハマる──奏でなくてもよろしくないイメージしか浮かばないそのフレーズに、つい身を引いた。占いだのおまじないだのを心から信じていいのは小学生女児だけだ。それを、他人から見て「ハマった」とまで思わせるのめり込みようとは。

「西口《にしぐち》……映像研究サークルの会長で、わたしの予備校時代の友達なんだけどね」

拝郷は顔が広い。それは彼女に一年間の浪人経験があるからというわけではなく、もともと社交的な性格をしているのだ。学内のサークル活動団体連合本部にも所属していて、学年問わず知り合いが多い。恋人として決まった相手はいないが、よく笑いよく喋り活動的な彼女は男女問わず多くの人に好かれていて、教授たちや講師陣からの覚えもいい。彼女とよく学内で行動をともにしている奏は、たびたびその恩恵に与《あずか》っている。

また、学外にも多くの親しい友人がいるそうで、オカルトやスピリチュアルな技術よりも、拝郷の持つ社交スキルの方が人の世を生きる上ではるかに有用ではないか、と奏はしみじみ思っている。その中で聞いた奇妙な話を、いつも「占い師の妹」である学友に話して聞かせるところはあまりいただけないが。

「もともとそういう気《け》のある子だったんだけど、ここ最近、彼女の身辺にちょっとしたオカルトぽいことがあって。『神様のお導きだ』って夢中になってるんだよね……で、彼女を落ち着かせるためにも一度、かの有名な占い師オリハシに相談してみようって話になって」

「ふうん?」

オカルト、と言われて思い出すのは姉のことより想い人のことだけれど。

いずれにせよ拝郷のそれは、わかるようでわからない、とてもふわっとした説明だ。相槌が疑問形に寄ってしまったのは致し方ないことだろう。

「その『オカルト』の詳細を聞くにね、どうも、あいつ」

声を潜めた拝郷が、顔を少し寄せて続けることは、

「『映像研究サークル部員の一人に蛇が憑いてる』って話を聞いたらしくって」

蛇。

手足がなくにょろりと長い鱗《うろこ》だらけの体、ちろちろとやはりこれまた長い舌。思い浮かべるだけで食欲の失《う》せる生き物だが、拝郷の言葉の中にはもう一つ、ますます食が進まなくなるものがあった。

「飼ってる、じゃなくて？」

「憑いてる」

一縷《いちる》の望みを込めて聞き間違いの可能性を指摘するが、残念ながら打《う》ち砕《くだ》かれた。

奏はここの辛口カレーがすこぶる苦手だが、拝郷はそうでもないらしい。この非情なほどの辛さがいいのだとばかりに顔に汗を浮かせた彼女は、タオルで額を押さえると、

「その子に蛇神様が憑いてるんだって。あいつ、どうやらそれを信じてるみたいなのよ」

蛇神。それはまた、オカルトめいた話だ――

同時に、想い人の満面の笑みが思い出される。これもまた、修二の好みそうな話題である。どうしてあの人は、求愛する女子大生そっちのけでオカルトの話題にばかり食いつくのか。

「どうしたの？」

「なんでもない」

ため息をついた奏を覗き込んでくる拝郷へ、ぱたぱたと手を振って返す。

「っていうか、そんな話をうちのお姉に相談されても。お姉は祓《はら》い屋《や》じゃないんだけど」

「占い師も祓い屋もイタコも似たようなものでしょ」

多分違うと思いながら、奏も否定はできなかった。非科学的、非現実的というくくりでは確かに同じようなものだし、その手の知識の足りない奏には、違いをうまく説明できる自信はない。

「それに、そもそも西口は、その子に取り憑いたものを祓ってあげたいとか、そういうことを考えてるわけじゃないみたいで」

「んん？」

「それが本当であることを確実なものにしたい、ってだけみたい」

てっきり、友達の悪いものを排除してやりたいとかそういう理由かと思ったが。

「どうして？」

「んー、なんて言ってたかなぁ……」

拝郷は唸りながらスプーンを口に運んだ。二度三度と繰り返し、また彼女の額に汗が浮いてきた頃、ようやく答えを返してくれる。

「忘れちゃった」

「肝心なところを」

「あ、財布に入れたいのかも」

「それは抜け殻でしょ」

確かに「白蛇の抜け殻を財布に入れると金運が上がる」とは言うけれど、蛇神に憑かれた人間を入れられる財布なんて、そこらの店では手に入るまい。となればその、部員とやらの皮を剝《は》いで――まさか。

拝郷が突然、顔の前で手を合わせた。何に拝んでいるのかと訝《いぶか》しんだがそうではなく、「ご馳走様《ちそうさま》でした」と空になったカレー皿に向けてのことだった。「だけどさ」と続き、一度は重なった両手が離れて、右手だけが顎に当てられる。

「なんていうか。変な違和感がするんだよね」

「違和感？　何に？」

尋ねると、彼女はきゅっと目を閉じた。

「何にって言われると、困っちゃうんだな。単なるハイゴーちゃんの勘みたいなものなんだけど、西口の話、最初に聞いたときから、何かがおかしい気がしてるんだよね」

なんて曖昧な。

ただ、拝郷の「勘」は、奏がテスト直前にかけるヤマのようなあてずっぽうでなく、純然たる彼女の経験に基づくものだ。拝郷は社交的で、人に好かれる性格をしている。その分よく人に触れてきたせいか、人を見る目も持ち合わせている。その拝郷が「何かおかしい」と思うなら、もしかしたら。

「わたしにはわかんないけど、占い師さんとか、そういう『人知を超えた』力であれば、すぱっと原因を見抜けるかもしれないでしょ」

「う……ううん。どうかなぁ」

友人の望みを叶えてやりたいのはやまやまだが――こちらにも事情がある。占い師本人が現在絶賛失踪中、というのっぴきならない事情が。ただ、ここで奏が「まず無理」と言い切ってしまうのも返事としておかしい。

箸《はし》を握ったままの手で口元を隠してもごもごと、

「……まぁ、うん。あとでお姉に言っておくよ」

「ありがと」

やや歯切れ悪い答えになったが、拝郷は満足してくれたらしい。

にっこり笑って礼を言った。同性の奏でも「愛らしい」と感じてしまう、整った顔を上手に使って作る計算されつくした笑顔。これもまた拝郷の世渡りの武器なのだろうなと考えつつ、改めて、占い師オリハシのことへ思いを馳《は》せた。

まったくどこで何をしているのやら、姉は引き続き失踪中だ。もし一両日中にその蛇憑きの依頼が届くとしたならば、無論のことそれは「代役」が対応することになる。

どうかどうかその悩みとやらが西口氏の手元で解決することを、あるいは、氏が自身の抱く大事な大事な悩みをどこの馬の骨とも知らぬ胡散臭い占い師に託そうとしないことを、奏は心から願った。

願ったけれども――


「託されちゃったんだな」

「託されちゃったんですねえ」

翌日の午後二時、キャンパスから少し離れた大通りを歩きながら。

含み笑いとともに告げられた修二の言葉に、奏はがっくりと項垂れた。

まさか拝郷と話をした当日に、映像研究サークルの会長から依頼のメールが届くとは思っていなかった。目を背けたくなるのをこらえて、メールボックスの「新着一件」をクリックし、読んだ結果、やはり頭痛とめまいを覚え。

一人で悩むのもつまらないと、修二に連絡して翌日の約束を取りつけたのだった。

「ていうか修二さん、何をニヤニヤしてるんですか」

二人で向かっているのは、依頼主である西口との待ち合わせ場所。しかしなぜだか、今日の修二は妙に上機嫌そうだ。オカルト絡みで呼び出されたときの彼は基本的には嬉しそうだが、今日の様子はそれだけではないように思える。

待ち合わせには鼻歌混じりで歩いてきたし、手を振って挨拶するとにこりと笑ってくれた。想い人があたたかく接してくれるのはもちろん嬉しいことだけれど、心当たりのない優しさはさすがの奏もぞわぞわする。奏から連絡が来た程度のことを喜ぶような人ではないから、仕事で何かいいことがあったのか、それとも――

「いや、奏が大学で友人作ってキャンパスライフ楽しんでるのがしみじみと嬉しくて、つい」

「親目線やめてください」

大した理由ではなかった。

「いやしかし、奏も大きくなったなぁ。初めて会ったときは、まだランドセル背負ってたのになぁ」

「やめてくださいってば」

「いやはや子どもの成長は早いものだ……っと」

我慢ならなくなって、鞄から取り出した紙束《かみたば》で彼の二の腕を叩いた。

修二は心から成長を喜んでくれているのだろうけれど、奏からすればいつまでも子ども扱いされているようで面白くない。こちらは彼に見合う大人になるため日々努力しているというのに。

「今回のご依頼の資料です」

紙束をぐいぐい押しつけると、奏の不機嫌は充分なほどに伝わったようだった。苦笑いで「わかったわかった」と紙束を受け取る。

「あいつへの依頼は、留まることを知らないな。それだけ仕事があるっていうのは、いいことなのかもしれないが」

奏が、姉の不在に不安を抱き始めていることは、修二にはっきり伝えたわけではない。それでもきっと、うすうす感づいてはいるのだろう。「どういう案件を抱えているのか知らないが、さっさと片づけて帰ってきてほしいもんだ」と、なんでもない様子で言ってくれることがとても有り難かった。

「戻ってきたら、お詫《わ》びにおいしいもの食べさせてもらいましょうね」

「まったくだ」

資料。依頼のメールと、添付されたファイルを印刷したものだ。道を行く最中に読んでもらうわけにはいかないので、概要を口頭で説明する。

「今回の依頼は……志路《しじ》大学映像研究サークルの会長、西口由美乃《ゆみの》。最初に占い師オリハシに届いたメールのお名前はＹＵＭとなっていましたが、数度のメールのやりとりののちに本名を教えてもらいました。知人からオリハシを紹介されたことが依頼のきっかけだとメールにはありました」

知人というのは十中八九、拝郷だろう。あのとき曖昧ながら頷いてしまったものの、やはり「お姉は忙しいからいまは新規の依頼は受けないかも」とかなんとか言って断っておけばよかった。少しの後悔を覚えるが、いまさらだ。

「映像研究サークル？」

「はい。映画を観《み》て論評したりする他、自分たちで撮ることもするそうです」

「自主製作映画ってやつか」

「そうですね。で、西口氏の『占い』の依頼内容ですが――蛇神が憑いているかどうかを見てほしい、と」

「蛇神、ね」

オカルト話と聞いて、修二の顔が綻ぶ。オカルトのためでなく奏のためにこの笑顔を作ってくれたらいいのに、と心の底から悔《くや》しく思ったので、

「ええ、蛇です。ところで修二さん」

「うん?」

「オカルトのためじゃなくて、わたしのためにその笑顔を作ってくれませんか?」

「蛇で映像研究サークルって言ったら、弁財天の御先《みさき》の蛇かな」

包み隠さず言ってみたが、全身全霊で聞こえないふりをされた。

……悔しいけれど、いまは仕事のことが先決だ。話を進めることにする。

「御先?」

奏にとっては初めて聞く言葉だった。聞き返すといつもの通り、饒舌な解説が始まる。

「神が遣いとする動物のこと。神の眷属《けんぞく》とも、神そのものが別の姿を取ったものとも言われる」

「神の遣い。っていうと、烏《からす》とか狐《きつね》とか、シーサーとか?」

「シーサーはまた若干違うものだけど、まぁ、そういうものだ。蛇に絞ると、古くは日本書紀に出てくる荒神の遣いが大蛇だとか……他には、弁財天の遣いが蛇だと言われることもある」

「弁財天って、あれですよね。七福神の」

波乗り船の音のよきかな――とそらんじてみせる。

「そう。弁財天は芸事の神とも言われるだろ。そういう意味では『蛇が憑いている子』っていうのは、クリエイターが集うサークルにとっては縁起がいいってことで、目を付けたのかもしれない。ただ、必ずそうと言い切ることはできない」

「どうしてですか?」

「一概に、蛇イコール弁天ってわけじゃない。蛇っていうのは古くから世界各地で信仰の対象となっていて、生命力の象徴だとか、農耕の神だとか、地域によっていろいろある。稲作農耕が盛《さか》んだった日本では、穀物や田を守る神として有名だ」

「どこの何を由来とする蛇神が取り憑いているのか……取り憑いていると思っているのか、それによって『占い』から導き出すべき結果が変わってくる可能性がある、ってことですね」

「理解が早くて助かる」

そうこうしているうちに、スマートフォンの現在位置と到着場所のスタンプが重なった。

辿《たど》り着《つ》いたのは一軒の喫茶店。さほど広くない間口には、メニューの貼《は》られたA型黒板が置かれている。日焼けの色があるメニューには、学生街らしく「大盛」の文字がよく目立った。

「じゃ、ここから先は、依頼主本人に伺いながら進めましょう」

この店のランチタイムは、普通よりやや長めの三時まで。時計は二時半を指しているからまだ恩恵に与れる時間ではあるが、あいにく我々の目的はそれではない。

扉は開放されていた。外からの印象より広く思える店内は、昼のピークは過ぎたようでやや空席が目立つ。間もなく店員が「いらっしゃいませ」と飛んでくるが、待ち合わせのことを話すよりも会う予定の人間と目が合う方が早かった。

短く切った茶髪。ややつり目がちの細身の女性は、窓際の席に腰かけていた。

「こんにちは、西口さん」

「あなたが?」

「ええ、オリハシのお遣いです」

お遣い。先ほど聞いた「弁財天の御先の蛇」のフレーズから、姉の腕に絡みつく自分自身を想像してしまう。

疑うような視線を隠さずじろじろと奏を見る依頼者の西口由美乃。奏は涼しい顔で笑い「失礼します」と向かい側の席を引いた。

西口の正面に奏が座り、奏の隣に修二が座る。

「オリハシはちょっと別件がありまして、代わりに必要な情報を聞いてきてほしいと頼まれました。西口さんには自分から連絡しておくと言っていましたが、本人ではなくてすみません。……ああ、もちろん、秘密は守りますのでご安心くださいね」

人畜無害ぶりをアピールしつつ、あなたの依頼にはきちんと対応するから、という思いを言外に込めたつもりだったが、奏の思いと反して、どうしてか彼女の探るような視線は直らない。不思議に思っていると、やがて彼女はこう言った。

「普通の人なのね」

「はい？」

「だって、『占い師のお遣い』っていったら、もっと……」

なるほど。

確かにそのフレーズからは、仰々しいものを連想してもおかしくない。占い師に特異性のようなものを求める人は少なくないし、だからこそ奏も姉も、占い師オリハシとして依頼者と対話するときは、あの万年ハロウィンさながらの格好をする。

いまの彼女が不満そうなのは、奏たちのいで立ちがそうではないからだ。思えば言っていたではないか、拝郷が「彼女がスピリチュアルにハマった」と。それらしい格好の方が、西口にはきっと気に入ってもらえたのだろう。

そこまで理解して、奏は笑ってみせる。

「わたしたちは、あくまで遣いですから。占いとか霊感なんて、からっきしです」

だからこそ苦労しているのだが、と心の中で付け加える。その手のことが大好きな修二は話したそうにそわそわしているが、テーブルの下で軽く蹴って牽制。

西口はふうん、と生返事をし——何か言いかけたものの、口を閉じた。

どうしたのかと思っていると、

「ご注文はお決まりですか」

奏の死角で、店員が寄ってきていたのだった。

窓際に立てて置かれていたメニューを取り、ざっと見て、奏は無難にアイスティーを注文する。三人分の飲み物を受け付けた店員が去っていくと、今度こそ西口が話し始めた。

「お遣いがいらっしゃるってことは、オリハシ先生ご本人は、やっぱりお忙しいのね」

「ええ、まあ」

忙しいというか、気まぐれというか——失踪中というか。

「とはいえもちろん、占いそのものはオリハシが行いますので。わたしはオリハシの占いに必要な情報をお預かりして持ち帰るだけです。安心して、なんでも話してください」

嘘も方便。ただ、それで西口はこちらを信用したようだ。「ありがとう」と答えた声と表情からは、先ほどまであったこちらを疑うような雰囲気はいくぶん消え、やわらかくなっていた。

「改めまして、占い師オリハシのお遣い……の、奏です。こっちはわたしの婚約者の修二さんです」

「森重修二です。オリハシの仕事上の知人で、これの保護者代わりです」

「盛りました。正確には恋人予定です」

いつものことだ、とあきれ顔の修二。西口はどう反応したらいいのか決めかねた様子で、曖昧に「はあ」と言った。

自分が占い師オリハシの血縁だということは敢えて言わなくてもいいだろう。拝郷から聞いて知っているかもしれないが、わざわざこちらから明かすことでもない。遣い、言わばアルバイトのようなものだと思わせておくことにする。

「それで、西口さん。ご依頼の件について、詳しく聞かせていただけますか？」

「ええ。そうね」

西口は鞄からA４判の大学ノートを一冊取り出して、開かないままにテーブルに置き、その上に三色ボールペンを一本載せた。ノートの表紙には何のタイトルも書かれていないから中身こそわからないものの、四隅《よすみ》がやわらかく折れて汚れがあるあたり確実に新品ではない。背を見る限りもともと厚めのノートらしいが、レジュメだかプリントだか、何かの紙が挟まって従来のサイズよりさらに膨《ふく》れている。

「オリハシ先生には、合格運を見ていただきたいの」

「どういう試験を受けるんですか？　オリハシへのメールでは『映画のコンテストがある』っていう話でしたけど」

「今度、自主製作映画のコンペがあるの。それで、なんとしてもいい結果を収めたいのよ」

ノートから一枚のチラシを抜き取って、奏に向けて渡した。

全体的に鮮やかな色で描かれた、ポップなポスター。同じく元気そうな印象を与えるタイトルロゴには「大学生自主製作映画コンペティション」とあった。第三十三回と添えられているところからして、長く続いているらしい。「年一回の開催よ」と西口が付け加えた。

「だから、オリハシ先生に、結果を占ってもらおうと思って」

「なるほど……うわ」

相槌を打った瞬間、渡されたチラシの右下に書かれた「要項」が目に入った。

その一部を指し、同意を得たくて修二を見る。

「見てください修二さん、グランプリ賞金、百万円だって」

「なかなかの額だな。俺たちもいまから機材買って試してみるか」

「映像研究に興味を持っていただけて嬉しいですが、学生限定のコンペですよ」

奏はともかく、修二に参加権はないということだ。答えた西口に、修二はにやりと笑って「それは残念」と言った。こちらもまた本気ではない。

「このコンペでは、一時間ほどの映像を作製して、応募。一次選考、二次選考と進んでグランプリに選出されるの」

「映像っていうのは、アニメーション?」

修二の質問に、西口は首を左右に振った。

「いいえ、このコンペは実写映画が対象です。脚本を用意して、小道具や衣装、場所を準備し、演技する役者たちを撮影します」

「すごい。本当の映画みたいですね」

ただ、現実的な視点として、いいものを作るのなら、やはり必要となってくるものが――そんなことをふと思い、

「金運も占ってもらうように、オリハシに言いましょうか」

「そうしてもらえると助かるかな。ちなみに活動資金としては、会費や大学からの活動補助金、一定の活動成果を出せば大学からの援助金……などなど」

「今回のコンペも、いい成績を収められれば、援助の対象になるってことですか」

「過去の記録からすれば、多分ね」

お盆を持った店員がやってきて、話が中断。奏の前に置かれた、氷のたくさん入ったアイスティーのグラスは、早くもじわりと汗をかいていた。

「俺はあんまり学生映画には詳しくないけど、脚本や演者はどうしてるんだ。あと、カメラマンとか、人材的な面では」

「基本的にはそれも、サークルに在籍しているメンバーで賄っています。人手や機材が足りなければ、仲のいいサークルに頼んで借りることもありますが、今回は自分のところで足りそうです。脚本も同じくですね、全員が素人ですけど」

「なるほど」

「撮影場所とかはできるだけ、撮るシナリオに合った場所を探しています。渡航費用がかかるものはさすがに難しいですが……国内なら。今回撮る予定のものは海岸沿いの街が舞台だから、大学の夏期休暇を利用して、皆で熱海《あたみ》あたりに行こうかって話をしていて」

「っていうことは、脚本はもう完成しているんですね」

「そう」

サークルに小説家志望の子がいて、その子がいいシナリオを作るのよと誇らしそうに言った。小説家志望——つい修二を横目で窺うと、彼は奏のその反応を予想していたらしい。こちらを向いた修二は、珍しくにっこりと、いい笑顔を浮かべていた。

「何か？」

「なんでもないです」

間違っても触れてくれるな、とでも言いたそうな視線。

「で。シナリオはできあがっていて、人材も足りており、方向性も決まっている。——そうやって聞けば順調そうだが、わざわざ一項目ずつ挙げていくっていうことは、何か手詰まっているところがあるんだろう。それはなんだ？」

残りは出来上がりを占ってもらって神頼み、とはいかないらしい。

修二の指摘に、西口の表情がぱっと輝いた。よくぞ聞いてくれました、の表情。

「決めかねているのは配役。二年で会計の影山《かげやま》エリが、一年の新人の浅尾碧《あさおみどり》を主演にしたいって言っているんです。——浅尾には『蛇神』が憑いている、って」

二年と言えば、奏と同じ学年だ。「映像研究サークル部員の一人に蛇が憑いてる」。拝郷に聞いた情報。

そして、もう一つ大事なもの。

「蛇神が憑いていると、どうして主演にふさわしいんでしょう」

修二も先ほど気にしていたこと。西口もそれを聞かれることを想定していたようで、ん、と小さく頷いた。

「こういうお話は、あなたたちの方が詳しいのかもしれないけれど。蛇は日本で、古くから農耕の神として知られているそうね。転じて、水の神になったという」

「うん？……はい」

期待に応《こた》えられず申し訳ないが、奏にその手の話題は専門外だ。信用を疑われないように表情を引き締め頷きながら、横目で修二を見た。

「古代日本で蛇が農耕の神とされたことには、いくつかの説がある」

そんなことを奏が思っていることを察したか、修二が口を開いた。

同時に、彼と目が合う。補足説明をするくらいはいいだろう？という確認だ。

「よく知られているのは、収穫物を食い荒らす鼠《ねずみ》を餌《えさ》とすることと、湿地に生息していることあたりか。作物の収量は田畑の水量と雨量によって左右されるから、蛇は民間信仰で農耕の神であると同時に水の神であるとされ、農耕民族である日本人に大事にされた。

……蛇を水の神として解釈することに、間違いはないと思う。それが？」

「今度の脚本は、海の街で育った水泳少女の物語なんです」

それには奏も合点《がてん》がいった。海の物語に水の神とくれば。

「ああ、それで『主演を蛇神憑きに演じてもらったら』ってことですか」

「影山の考えとしては、そういうこと。この脚本には、水神に愛されている彼女が絶対に適任だと言ったのよ」

西口の声に熱がこもる。その強さに、彼女もまたその案を推しているのだということが知れた。蛇神なんていういかにもあやふやなものを信じ込んだのは、大学サークルという集団特有の雰囲気ゆえか、それともそれだけ影山の説得がうまかったのか。

いずれでなかったとしても、験担《げんかつ》ぎとしてその案に乗りたくなる気持ちはわからないではなかった。

「影山さんという方は、幽霊とか、神とか、スピリチュアルなことについて見通す力をお持ちなんですか」

「自称、って感じかしらね。本人は『多少感じる程度』って言ってたかな――ああ、民俗学研究室に所属してるから、そっちには確実に詳しいわ」

「学問としての神の存在には詳しい、と」

「そんな感じ。蛇のことは冗談みたいな口調で話していたけど、浅尾を主演に据えたいのは本気っぽい、って言ったら伝わるかな」

ということは影山は、何かのきっかけで浅尾女史の演者としての才能を知っていた、ということもあり得るのかもしれない。

「あと、これは影山の話とは変わるんだけど。知り合いの先生からも、浅尾が主演ならいいものができあがるだろう――と言っていただいて」

「その道の先生と、サークルメンバーまで満場一致で賛成票を得ているのなら、その配役で決定していいんじゃないのか」

どこに否定の要素があるのか、と言外に含ませている。奏も同意見だったが、西口は吊《つ》り気味に描かれた眉を困ったように歪《ゆが》めた。

「そうでもないのよ」

「どうしてですか？　泳げないとか？」

「いいえ。浅尾本人の気質として、とても引っ込み思案なんです。今回の主演の話も、『わたしなんかが！』って言って引き受けてくれないの」

「……ああ、だから」

その先に続く言葉が奏には予測できた。その話の流れは、「代役」を務める中で、珍しくない話だったからだ。西口が今回、占い師オリハシに求めているものは。浅尾の首を縦に振らせるための西口の策は。

「ただ、浅尾にはきっと蛇神様の力がある。先生もそう言っていたし、わたしもそう信じてる。だから、占い師オリハシに占ってもらえたらと思ったの。彼女を主演として配置することがよいことであるかどうか、今回のコンペで、我々の作品がいい成績を収められるかどうか。……わたしの説得では無理でも、テレビやネットで有名な占い師の言葉なら、きっと浅尾も自信をつけてくれるだろうしね」

占いとは、ある意味で依頼者の背を押すためのものである。

たとえば好きな人がいて告白をするか否かという状態のとき、占いで『あなたの恋愛運はこの上なくよいものだから胸を張って告白してこい』と言われればその気になるだろうし、いまは機でないと言われれば控《ひか》えるだろう。西口は、オリハシにその役目を担わせようとしているわけだ。

深く丁寧に頭を下げ、「どうぞよろしくお願いします」と言う。

「浅尾には、絶対に力があると思うの」

語る西口は、熱を帯びた目と声をしていた。

「だけどコンペの合格運って、占ってもらうのにどんなものが必要なのかわからなくて。取《と》り敢《あ》えず、サークルの紹介文を印刷してきたんだけど」

こんなもので大丈夫？ と西口が奏に渡したのは一枚の紙だった。

Ａ４の用紙に明朝体《みんちょうたい》で、素《そ》っ気《け》ないプロフィールを並べている。志路大学映像研究サークル、所属人数十二名（男七、女五）、代表者西口由美乃、住所の欄には大学所在地が入っていて——多分、何かのコンペに作品を応募した際、同封した申請書のコピーなのだろう。

最後には連絡先として、メールアドレスとＵＲＬが書かれている。いずれも大学のドメインではなく、フリーメールと無料のレンタルサーバーだ。

「ありがとうございます……あれ？」

「どうかしたのか」

「浅尾さんと影山さん、同じ高校出身なんですね」

覗き込んでくる修二へ、書類の一部を指で示した。

蛇憑きであることを指摘した人間と、指摘された人間。二人の名前の隣に「私立賀数平《かずひら》高校」とある。顔を上げて向かいを見ると、彼女も奏の手元を見ていた。「ああ、そうらしいわよ」と西口。

「こちらのＵＲＬは？」

「サークルの活動ブログ。って言っても所属メンバーが適当にやってて、本当に不定期なんだけどね」

「これ、スマホで見られますか？」

「うん」

アクセスしてみる。不定期と言うから一ヵ月二ヵ月の間隔は空いているのだろうと思いきや、最新の更新はほんの一週間前だった。「新入生歓迎コンパです」と、グラスを掲げて楽しそうな学生たちの写真が載っている——とはいえ個人の顔はハートやらスマイルマークやらのスタンプで隠されているから表情はわからない。

そして修二も同じところを気にしたらしい。呟いた。

「ネットリテラシー、って感じだな」

「あはは。演者たちは別に、顔を出してもいいって言うんですけどね。裏方仕事専門の人は嫌がることが多いかな。ちなみに、隠してない写真はこれ」

サークル内でデータを共有しているのか、西口はスマートフォンを差し出した。スタンプの下に隠された顔は、全員仲睦《むつ》まじそうに笑っている。料理の載った円卓や部屋の雰囲気から、どうやら会場は中華料理屋らしい。

カメラロールを順繰りに見ていく。その中に西口と、知らない女子学生の二人が写された一枚があった。ビールグラスを掲げた目鼻立ちのはっきりした美人が、西口の隣に座っている。真っ直ぐに整えられた長い黒髪も、いかにも女性らしい体つきも——

「舞台映えしそうだな」

奏が考えたのと似たような感想を修二が口にしたから、つい睨む。

「修二さん、こういう人が好みなんですか」

「誰もそんなこと言ってないだろ」

「わたしだってきちんとお化粧すればこのくらいには」

「誰もそんなこと要望してないだろ」

「胸だって、こう、背中の方から頑張って肉を」

「や、め、ろ」

仕草すら使って説明するがはっきり拒否され、奏はしぶしぶ口を閉じた。

西口が面白そうに笑う。写真を表示したままのスマートフォンを指で示し、

「これが影山よ」

「この方が。浅尾さんはどれですか？」

「あ、あの子はここにはいないよ」

なぜだろう。奏が不思議そうにしたのを見て西口はきゅっと眉根を寄せると、あれは本当に悪いことしちゃったな、といかにも申し訳なさそうに肩をすくめた。

「浅尾、中華料理が苦手なんだって。浅尾が『自分はまた別の機会に』って言ってくれたから、甘えさせてもらったの」

「浅尾さんのお姿がわかるものって、何かありますか？」

「浅尾が写ってるのは……ちょっと待って」

スマートフォンを手元に戻し、画面を撫でてまた差し出す。場所は替わり、ものの散らかる雑然とした小さな部屋が表示されていた――思い思いにくつろぐ三名の学生。

写真の中、窓から見える景色には、奏も覚えがあった。

「サークルの部室ですか」

「そう。で、浅尾はこれね」

部屋の端《はし》で腰かけて、何かの本を読んでいる小柄《こがら》な女子学生。

たった一枚の写真から「おとなしそう」というイメージをつけてしまうのはいささか早計かもしれないが、少なくとも舞台の上でスポットライトを浴びるようなタイプには見えなかった。そして同時に、蛇なんておどろおどろしいものが背後にいるようにも見えない。

浅尾の顔をよく見たくて、奏が西口のスマートフォンに指を触れさせたとき、

「わっ」

スマートフォンが突然ぶるぶる震え出したから、奏は急いで手を引いた。

変なところを触ってしまったかと一瞬ぎょっとしたものの、そうではないことがすぐに

わかる。画面から写真が消え、代わりに文字が表示されていた――「着信」。

「ごめんなさい、ちょっと。……もしもし？」

テーブルからスマートフォンを取り席を立ち、こちらに背を向けて会話を始める。少し離れたところから漏れ聞こえてくる「シフトは」「休みの子が」「一時間後なら入れますけど」などの言葉からして、バイト先からの連絡といったところか。奏は修二と視線を交《か》わして、彼女の通話の終わりを待つことにする。

ただ、西口の通話は五分にも満たなかった。こちらを気にしたのか早々に切り上げ、素早く席に戻ってくる。

「ごめんなさい、ちょっとバイト先に呼ばれちゃって。行かないと」

「お忙しいところすみません、ありがとうございました。だけど、サークルの代表をやりながらバイトもって大変そうですね」

「サークル活動もいろいろお金かかるからね。今年の夏は熱海で泊まりがけの予定だから、自分の旅費と交通費を稼いでおかないといけないし」

それも含めて楽しいんだけどね、と西口。根っからの活動派なのだろう、その笑顔に翳《かげ》りはない。

「本日伺ったお話は、すべてオリハシに伝えておきますので」

「ありがとう。もし何か足りなかったら、連絡を頂戴。オリハシ先生からでもあなたからでもいいわ。わたしの連絡先は――」

「大丈夫です、オリハシから聞いて知っています」

「そう。それじゃ、くれぐれもよろしくね」

「西口さんも、バイトとサークル活動頑張ってください」

お互いに一礼。西口は自分の飲み物代をテーブルに置くと、手を振って去っていった。テーブルに残された小銭を見て、もしかしたら彼女の分もこちらが出した方がよかったのかなと思うが、こういうときの作法は奏にはわからないので、黙って受け取ることにした。

店を出て行く後ろ姿を見送りながら、頭を整理する。占うべきことはわかった。情報は足りない。――西口の話には、違和感がある。

＊＊＊

大学生二人の会話を聞きながら、修二は、自分は大学生活をどう送っていただろうかと考えていた。

ただ、大学を卒業したのはもう五年以上前で、キャンパスライフの詳細な記憶はそろそろ薄れかけている。サークルにも所属してはいたがほぼ幽霊部員化していたし、あの頃はおおむね折橋の突飛な行動に振り回されていた印象が強い。ただ、社会人となったいまも頻繁に折橋姉妹に呼び出されてはいるので、そのあたりはあの頃もいまもさほど変わっていない。交友関係をもう少し広げるべきだろうか。

大学時代よくつるんでいた折橋の交友関係は、自分と同じくあまり広くはなかった、というかいろいろなものをよく見抜く特性上、奇異に見られて距離を置かれていたし、逆恨《さかうら》みされることもまた、少なくはなかった。

まだ自分たちが、学生だったときのこと。折橋が頭から茶を滴《したた》らせてキャンパスを歩いていたのも、こういう、春の終わりを感じる日だった覚えがある。雨でもないのに髪を濡らして廊下を行く折橋にぎょっとしながら声をかけると、折橋は挨拶もそこそこに「知ってる子がね」と切り出した。

「彼氏ができたっていうから話を聞いたんだけど、どうも男が浮気しているようだったから、浮気現場を押さえられる場所をそれとなく教えたの」

いつものことながら、折橋の話の展開はいたく早い。普通、恋人ができたという話が始まったなら、まずは「どんな人か」「どういう出会いで」などといったのろけが話の核となろうに、彼女の場合は一言二言聞いただけで「浮気現場を押さえる方法」まで進むのだ。

「不貞を暴《あば》く機会を得られたなら、感謝されただろう」

「ところがどっこい。『あんた、あいつが浮気してるの最初から知ってたんでしょ』って」

それでこの様よ、と折橋は右手のペットボトルを振った。つまり折橋は、他人の恋路の八つ当たりをされたのだ。そう気づいた瞬間に憐《あわ》れみを覚えたが、折橋は修二のそんな薄っぺらい同情も見抜いてしまって、困ったように笑い、

「慣れてるよ」

と言った。寂《さび》しそうではなく、ただ事実を口にしただけのようだったけれど、修二の耳と腹には妙に残った。先を知ってしまう力は、必ずしも感謝されるだけではない。また、先を見通せるからといって、誰からも攻撃されず傷つけられないわけではない。

やつはいまごろ、どこで何をしているのだろうか。

——依頼者である西口が去ると、奏は深いため息をついた。ガムシロップの蓋《ふた》を手早く剝がすと無言でアイスティーに入れてよく攪拌《かくはん》し、ストローで一気に吸い上げる。大きな氷で嵩《かさ》増しされたグラスの容量はさほど多くなくて、すぐに、ずご、と空気の音が鳴った。

「品がない」

「頑張ったんだから、このくらいは見逃してくださいよ」

苦言を呈《てい》すが、食事のマナーを気にするような場所でも相手でもないでしょうとばかりの目をされた。依頼者の前で気を張っていたのもよくわかっているから、それ以上文句は言わないでおく。

そんなことより、とグラスを置いて、

「わたし、うまくできてましたか『占い師のお遣い役』」

「俺が見たところ違和感はなかったと思うぞ。よく演技できてたと思う……そうだ。お前が例の映画の主演に立候補してみたらどうだ」

「勘弁してください」

首を傾け、やれやれと肩を揉《も》み、そして。

「カナちゃん疲れちゃいました」

「もう横並びでいる必要もないな」

甘えるように修二に寄りかかってきたので、グラスを持って席を立った。肩透かしを食らった奏は姿勢を崩してまろびかけるものの、助け起こさずとも彼女自身の反射神経で対処できる程度のことだ。修二は向かいの席に移った。わたしは不機嫌ですよと表情で全力アピールしてくるが、そ知らぬふりを決め込む。

根負けしたのは奏の方で、彼女はふんっと鼻を鳴らしてメニューを取ると、気持ちを切り替えるようにチョコレートパフェを追加注文した。注文を受けた店員の手によって西口のためのグラスが下げられ、西口の痕跡《こんせき》がなくなって、ようやく依頼の話に入る。

「合格運、な」

頼まれた内容は、映像コンペの結果について。――という建前だが、実際には、メンバー本人の説得材料を作ってほしいといったところか。

「占いでいい結果が出たくらいでいい成績を収められるっていうのなら、世の中努力なんて必要なくなっちゃいますよね」

「まぁ、そりゃそうなんだけどな」

奏の漏らした感想に、修二は喉を鳴らして笑った。

「それでもいざってときは、そういうものに頼りたくなるのが人間ってものじゃないか」

「だけど、大学生の自主映画のコンペなんて珍しくもない……とまでは言わないけど、占い師なんて曖昧なものに頼ってまで幸を願うほど、賭《か》けることでもないんじゃないでしょうか。ちょっと、違和感です」

「それは人それぞれだろう。別に、占いやそれに頼りたくなる気持ちを肯定・否定したいわけではないけど、何が大事かなんていうのは人によるさ」

「まぁ、そうですね」

「それに、ほら」

そのあたりの議論をしたいわけではなかった。反論せず頷いた奏に、修二は奏の前にあるチラシに手を伸ばすと右下に書かれた「要項」の一部を指す。

「グランプリ賞金、百万円だしな」

「何が大事かなんてのは、人によるんじゃないんですか」

俗物的な視点で返してやると、奏はいかにも不満げに声を濁《にご》らせた。

「それはそれとして、金は大事だろ。サークル活動だってただじゃできないわけだし、事前に少しの身銭を切るだけで百万貰える確率が上がるっていうなら、俺だってやるかもしれない」

「詐欺《さぎ》に引っかかる人の発想ですよ、それ」

「何をするにも資金は必要だってことが言いたいだけだ。それでオリハシ『代理』、今回はどうやって占い結果を読み解く？　サークルの練習現場を見に行って、浅尾氏の技術の巧拙から判断するか？」

「まさか」

奏は唇を尖らせたが、無論、修二も本気で言ったわけではなかった。そんな審査員や芸能事務所のスカウトみたいな技能、奏にあるわけないとわかっている。

いや、奏だけでなく自分もそうだ。各種コンテストで通用するほどの映像プロデュース能力なんて、一朝一夕で得られるものではないだろう。

「お待たせいたしました。チョコレートパフェでございます」

店員がスッと現れて、奏の前にパフェグラスを置いた。

パフェは一般的なものとは比較にならない存在感を放っていて、修二はぎょっと目をむいた。パフェグラスの中にみっちりと詰め込まれたコーンフレークやクリーム、その上には絶妙なバランスでショートケーキがのり、さらに上には大きな丸いチョコアイスとプレッツェル。

ただ、奏は以前にここのパフェを食べたことがあったのか、平然としている。いかにも待ってましたとばかりの笑顔になると、長いスプーンでアイスを掬った。

「あ、一口いりますか?」

「けっこう」

見ただけで腹が冷える。手元のアイスコーヒーで、充分に用は足りた。

奏はアイスを口に運び、プレッツェルを音を立てて齧《かじ》って「さて」と仕切り直す。

「まずは占うべき内容を整理しましょう。わたしたちが今回、推測すべきこと。――これは、まず大命題『彼らの映画はくだんのコンペでよい成績を収めることができるか』、言い換えて『彼らは優れたドラマ映画を撮影することができるか』。また、さらに西口さんの話した内容から『主演候補の一年生は、本当に主演としての適性があるのか』といったところでしょうか」

「あとは『なぜ一年生に蛇が憑いているのか』かな」

「そうだ、それを忘れていました。『サークル会計はなぜ、主演候補の一年生のことを、蛇が憑いていると言ったのか』ですね」

内容整理は正確に。意地でも「憑きもの」なんていう非科学的なものの可能性を認めないのが奏らしい。――そんなことを思いながら、修二は顎を撫でた。蛇、か。

「まぁ、この時点ですでに、奇妙なところはあるよな。オカルト的に見ても」

「たとえば？」

「これは神の存在の有無を議論するわけではなくて、一般的な感覚の話だけど……本当に彼女に『水神』っていうものが憑いていたとして、『神を利用する』って、あまりいいイメージないだろ」

当然のことを言ったつもりだったが、現代っ子らしくというか、ぴんと来ていないらしい。返事は「はぁ」と「へぇ」の間の声だった。

何か具体例を出した方がいいのか。「これも有名な話ではあるけど」と前置きし、

「『日本の昔話は、悲恋で閉じる物語が多い』って言われてる」

「うん?」

「昔話には、人と人ならざる者が添い遂げようとする——いわゆる『異種婚姻譚《たん》』が多いわけだが、それには『幸せに暮らしましたとさ、めでたしめでたし』で終わる物語が比較的少ない。たとえば『ツルの恩返し』ってあるだろ。あれは最後、正体に気づかれて別れて終わる。雪女の伝承なんかもそうだな。あれも、最終的には男のもとから雪女が去る」

「だけど、全部が全部じゃないですよ。『一寸法師』は最後、お姫様と結婚します」

「あれの話のハッピーエンドのメインは『金銀財宝ざっくざく』の点じゃないのかね……ケースとして少ないって話だ。一切ないってことじゃない」

「『ねずみの嫁入り』は結婚しますよ」

「揚げ足取りに躍起になってるな。人間の話だって最初に言ったろ」

「『かえるのおうさま』だって」

「あれは日本じゃなくて西洋のだろ。国は……」

「ドイツですね」

「わかってて言ったなお前」

睨むが、涼しい顔で逃げられた。

「日本は、どうしてそういう悲恋の昔話が多いんですか」

「一説には、日本の精霊信仰の考えが生んだんじゃないかって言われてるな。『自然とは人が畏怖すべきもの』って考え方。しょせんは人が、神と番《つがい》になれるわけないって考え方で、『人と人ならざる者は相いれない』っていうのが日本人の基本姿勢だ。さらにその原因を突き詰めていくと『人ならざる者は人によって御せるものではない』という考えに行きつく。……願掛けっていうのではなく、人の願いのために神を利用しようとするというのは、ちょっと怖い気がしないか」

祟《たた》りなんてオカルトを推測の考慮に入れるのは、奏の感覚からすればいたくナンセンスなことだろうが、そういうものを気にする人間の思考が確かに存在するということは誰にも否定できたことではない。

とはいえ。

「どちらとも解釈できるなら、都合のいいように考えたくなるのが人の常なのかもしれないけどな」

「そうですね。だからオカルトやらスピリチュアルなんて、全部、かかわる人の裁量ってことですよ」

奏の相槌は誰かを責めるようでなく、淡々としている。ただ事実を述べただけの彼女は、スプーンを動かす手は止めないままに、テーブルに置いたスマートフォンの画面を左手でタップして何かのページを表示させた。

「何を探してるんだ」

画面を覗いていいのか迷っていると、ふいに上目遣いでこちらを見た。

「修二さんがオカルト側から意見を出すのなら、わたしは現実的な視点から意見を出さなきゃかなって思って。——志路大学映像研究サークルの、公式サイトです」

彼らの活動記録。許可を貰ったのだと判断、首を伸ばして彼女の手元を覗き込むと、奏の手が画面をゆっくりとスクロールさせていった。

今年度に入ってからの記録は、新歓コンパから遡《さかのぼ》り、新入生の勧誘活動、練習風景、春祭の打ち合わせ、それから「大学から活動補助金が入りました」の五記事。今年度一番目に書かれた記事をタップすると、中身はサークル活動団体連合を通じて大学からの活動補助金が振り込まれた旨と、その使い道——「カメラが一台故障していましたが、直そうと思います！」。

さらに遡って前年度のものになれば、リハーサルや本番の撮影をまとめた記事もあった。他それぞれ、どの記事にも一枚以上の写真が添えられている。文章も読みやすくまとめられ、とてもまめな仕事ぶりだ。

再度コンパの記事に戻り、飲み会の写真を眺める。スタンプで隠れた顔、その脇《わき》に見切れている、中華料理屋らしい回転テーブルに並べられた数々の料理。炒飯《チャーハン》、小籠包《ショーロンポー》、酢豚、エビチリ、八宝菜、一風変わったサラダのようなものはクラゲときゅうりの和《あ》え物《もの》か。

修二の目には、それらの記録に関して何か変わったところがあるとは思えない。しかし。

何が気になるのか、奏の手が止まった。

しばらく、写真をじっと眺めて。

「むむむ……」

――唸った。

「今度はどうした」

尋ねると、勢いよく首を上げた。

右手にスプーン、左手をスマホに触れさせたまま真っ直ぐな目で言うことは、

「中華を食べたくなりました」

「パフェ食いながらよく言えるな」

甘いもののあとに塩気があるものを食べたくなる気持ちは、わからないではないけれど。

そして奏がそれを調べるのなら。修二もまた、テーブルに置いていたスマートフォンを取り上げる。ある言葉を検索窓に入力して、見つけたページをざっと眺める。

それを表示させたまま、テーブルの上を滑《すべ》らせて奏の方にやった。

「なんですか？　これ」

「神奈川、賀数平高校、演劇で検索したら出てきたのがそれ」

賀数平高校演劇部ブログ。蛇憑きと呼ばれた学生の、高校時代の記録が出てこないかと思い探した結果出てきたものだ。

ただ、こちらは映像研究サークルと比較すると更新回数に恵まれておらず、最新の更新は昨年の暮れ「今年も一年お世話になりました」という記事が書かれているだけだった。その前は「文化祭で演劇をしました」、さらに次は一年以上開いて一昨年の八月だ。「皆で由比《ゆい》ヶ浜《がはま》に行ってきました」――水着の高校生たちが海水浴を楽しむ写真が載っていた。

「海ですね」

「その左の子、蛇憑きの子だろ……どうした？」

着席したままだが、奏が妙な行動を繰り返している。自身の胸元、腰などあちこち両手で確かめて、

「このくらいならわたしの方が」

「張り合うな」

こちらの写真はネットリテラシーやらプライバシーなどどこ吹く風で、顔を隠すような加工はされていなかったので、どれが浅尾かすぐに判別できた。

写った皆は男女問わず、さまざまな水着を着用している。一泳ぎしてきたあとの写真らしくほとんどが水に濡れていたが、ただ、浅尾だけは泳がなかったようだ。

キュロットスカートにシャツ、ラリマーの一粒ネックレス。手には日傘。

「このとき浅尾氏は、海には入らなかったんだな」

「そのようですね。ま、女性は当日、急に水着を着られなくなるときもありますから、珍しいことではないと思いますけど」

「……うん？」

「生理とか」

そのものずばりを言ってくれた。

一般女性の奏としては特別なことを言ったつもりはなかったのだろうが、あいにくそう

いう事象に修二は応える言葉を持たない。何も答えずにコーヒーを飲んで、自分のスマートフォンに目を向けることで誤魔化した。

高校時代の写真。高校二年生だった浅尾と一緒に写る中に、影山エリがいた。ふんわりとした短めの茶髪で、例のコンパの写真とは雰囲気が違っていたけれど、ツーピースのオレンジ色の水着は彼女によく似合っている。その楽しそうな様子から、場所は違えど、この頃も活動を楽しんでいたことが見てとれた。

「あっ影山さん、隣の彼とペアのアンクレットしてる。素敵」

「ん？　ああ、確かに同じだな」

足首に見える揃いの白いアンクレットは、二人の少し焼けた肌によく似合っている。

「この間のエンゲージウォッチのこともありましたけど、好きな人とお揃いのものって素敵ですよね。わたしも修二さんとお揃いのアクセサリーとか、きゃっ」

「アクセサリーといえば、実は次回の特集記事がシルウィアヌスの指輪と呪詛《じゅそ》板についてで」

「結構です」

アクセサリー繋《つな》がりで興味を持ってくれるだろうかと身を乗り出したが、残念ながら舌打ちを返された。

「うーん、さて、どうしましょう。まず、浅尾さんに話が聞けたら一番いいんですけど」

「なら、さっきの西口氏にアポを頼むか。『オリハシが蛇憑きの子を気にしている』とか言って呼び出してもらって——」

「いえ」

会う方法としては確かにそれが一番妥当だろうと思いながら言ったが、奏は「あまり推奨したくはないですね」と眉根を寄せた。なぜなら、

「話を聞くのは、西口さんのいないところだとなおいいです」

「彼女のいないところ?」

奏は窓から外を見た。道ゆく人の中に大学生らしき姿はない。誰かがこちらの様子を隠れて窺っているなんて、そんなことはまさかないだろうけれど——少しだけ、声を潜めて。

「浅尾さんには、西口さんが知るべきでないことを聞くことになるかもしれないので」

自分の頃の大学生のサークル活動がどんなものだったか、修二はもう覚えていない。ただ。

いくら目的を一にしようと、人が集まるところにはしがらみもいざこざも起こりうるのだということは、一般常識としてわかっていた。

＊　＊　＊

先の電話が本当ならば西口はアルバイトに向かい、学校にはいないはずだ。そう踏んだ奏は、修二を連れて喫茶店を出るとキャンパスへ向かった。

浅尾にどういうことを尋ねるつもりなのかと修二が気にしたが、一度話してみなければ決められない。まだ確実なことではないことを伝えるのも気が引けたので、「あとで教えます」と濁し、引っ張っていく。

「いまは聞かないでおいてください。あとで埋め合わせしますから」

「埋め合わせ、ねえ」

「お礼はカナちゃんのちゅう一回でいかがですか」

「新潮新書『「超常現象」を本気で科学する』の感想レポート三枚で手を打とう」

「……わかりました」

いろいろ釈然としないが許可は得た。

サークル棟はキャンパスの東端にある。どこのサークルにも所属していない奏にはあまり縁のない場所だが、場所くらいは知っていた。建物の入り口には管理室があり、横に棟内地図が掲げられている——建物と同じく傷の多い古びた廊下や階段には、誤ってつけられたらしいペンの跡や何か大物を運んだときにできたらしい傷、経年劣化による汚れが目立った。上って二階の角部屋、それが映像研究サークルの部室だ。

浅尾が部室にいるかどうかは賭けだったが、なんとか勝てたようだった。

「浅尾さん。お客さんだよ」

「うん？　はい」

部屋の中には彼女の他に男子学生と女子学生が一人ずつ、合計三名のサークルメンバーがいた。突然部室に現れた見知らぬ男女に最初は警戒していたが、自分たちの素性を教え、先ほど西口と話した旨を伝えると、ずいぶん表情が和らいだ。

浅尾は、部室の一番奥で、白いビーズを一つ一つ摘まみ上げてはワイヤーに通していた。廊下へ浅尾だけを呼び、話を聞きたいと頼む。快《こころよ》く頷いてくれた。

「占い師のオリハシ先生のことは、西口さんから聞いていますよ」

「あ、よかった」

「主演の件ですよね？　オリハシ先生に占いをお願いするんだって。占っていただくのは構わないんですが、わたしはオリハシ先生の結果がいずれであっても、主演は断るつもりでいますよ。お金がもったいないんじゃないかなぁ」

「断るのは……表に立つのが苦手だからですか？　西口さんから聞きました」

「ええ、それもあります。わたし、人の視線ってどうしても苦手なんですよね。高校の頃に人が足りなくて、チョイ役を演《や》ったことあるんですけど、それだけでも足が震えちゃって」

「何かトラウマでもあるんですか？」

「いやぁ。元来の性格ですよ」

我ながらあれはほんと情けなかったです——と笑う浅尾。

引っ込み思案と言うわりには、初対面の奏に対しても友好的な様子ではある。壁に寄りかかって窓辺に手を掛けラフに佇《たたず》む姿勢からも、緊張しているふうではない。これならいろいろ聞き出せそうだ。

「西口さんから、蛇の話は聞きました？」

「わたしに蛇の神様がついてるってやつですよね。でもそんなの非科学的じゃないですか。幽霊とか信じない主義なんです、わたし……あ、占い師さんのお遣いの方に言っていいことじゃないのかな、ごめんなさい」

「いいえ、全然！」

「奏」

まったく現実的で素晴らしいスタンスだ！　つい力強く同意してしまうと、隣から、窘《たしな》めるように名を呼ばれた。咳払い一つ。

「失礼しました。ええと……オリハシに頼まれて、浅尾さんへいくつかお伺いしたいことがあるんですが、よろしいですか？　お時間は取らせないので」

浅尾は「わたしでわかることなら」と頷いた。いつものノートを取り出す。

「浅尾さんは、演技より裏方がお好みなんですね」

「ええ。人が演じているところを見たり、それに使う小物を作ったりするのが高校の頃から好きだったんで、その延長でこのサークルを選びました」

「映像研究サークルで『小物』って、どんなものを作るんだ？」

追っかけて、修二の質問。

「いろいろですね。基本的には、シナリオのキーアイテムになるようなものを作りますよ。今回オリハシ先生に占いをお願いしている作品は海の話で、白い貝のネックレスが必要になるので、貝殻とワイヤー、チェーンなんかを使ってこつこつと、こう」

胸の前で両手を動かしてみせた。何かを摑んでいることはわかるが、縫い合わせているのかペンチで曲げているのか、何を表しているのかは判然としない。せっかくなので、奏からも小物について質問してみる。

「材料はどうするんですか？」

「過去に作ったものや、いらないものをバラして再作製が原則です。大学生のサークル活動ではコレが限られてくるもので——ってのは西口さんの弁だけど」

いたずらっぽい口調で言い、親指と人さし指でマルを作る。

「特に今年は、カメラが壊れちゃったせいで、大学からの活動補助金がほとんど飛んじゃったから、もうほとんどお金がなくって……カメラはうちのサークル活動に最も必要なものなので、直さないわけにもいかないですし」

「それで、細かいものは手作り、ですか」

「まぁ、貧乏くさいかもしれませんけど、そういう手作業もサークル活動の醍醐味《だいごみ》です。こういう作業、けっこう好きなんですよ。わたし」

「古《いにしえ》のものには思いが宿ります。大事に保存し、必要に応じてかたちを変えて使っていくのはとてもいいことだと思いますよ」

いちおう、占い師の関係者らしいことも言っておく。浅尾は「ありがとうございます」と弾んだ声を返した。

——そうだ、それから。

「古いもの、で思い出しました。こちらのサークルで、衣装はどの程度の頻度で買い替えていますか?」

「ああ、衣装はだいたいメンバーの自前ですよ」

保管しておく場所もなければ、虫食い等の管理も大変だ。数年もすれば総入れ替わりの大学サークルという場所で、入ってくるメンバー全員の体格に合わせた衣装を取り揃えるのもまた難しいということだった。

そして、最後に。

「会長の西口さんと、サークル会計の、影山さんという方のことについて伺いたいんですが。どんな方ですか」

「影山さん? そうですねぇ……」

浅尾に蛇が憑いている、と言い出した張本人。

彼女のことを、浅尾はどう捉えているのだろう。天井を向き、しばらく考えて浅尾は「周囲をよく見ている方ですよ」と言った。

「サークル内の役割としては、西口さんの補佐みたいなところが大きいかな。飲み会の場所を確保したり、参加費の集金とかをやってます。ただ、各種通帳の管理は、会長の西口さんがしていますね」

「通帳の管理?」

「ええ。大学からの活動補助金と、先輩たちから受け継いだ、賞金が入っています。西口さんも、家計簿とかつけるの得意だからって言っていたので、お願いしています。サークルメンバーには、お金がないんだから機材は丁寧に扱って、ってぴいぴい叫んでますよ……あっ、ごめんなさい、こんなこと占いには関係ないですよね。そういうことじゃなくて、彼女の星座とか、血液型とか」

「ああ、いえいえ」

奏としては浅尾が言ったような人柄を聞かせてもらえた方が推測のデータが得られて有り難いが、そうとはっきり言うわけにもいかない。のんびりと右手を振った。

「一口に『占い』というイメージにとらわれず、いろいろ聞かせていただけると嬉しいです。オリハシはいろいろな占いを併用して結論を出しますので、浅尾さんの感じるところを自由にお話しいただけたらと……あと、そうだ、人間関係についても占いたいので、皆さんのご指導をされているという外部の方についてもお伺いしたいのですが」

西口曰《いわ》く、彼らの「先生」も浅尾のことを評価しているという。ならば浅尾に聞くのが一番の近道かと尋ねたのだが、意外にも浅尾はかぶりを振った。

「あ、それはわかんないです。ごめんなさい」

「え？」

「映像製作の指導者って呼ぶのが正しいかわからないんですけど、ＯＢやＯＧの方が指導に来てくれることがあるらしいっていうのは聞きました。でも、わたしはまだ会ったことないんですよね」

「それって——」

「お疲れ、浅尾。何してるの？」

そのとき背後から、声がした。

奏が振り向くと、そこには笑顔でひらひら右手を振る黒髪の女性の姿があった。右手にハンドバッグとエコバッグを持っている。浅尾が「あっ、影山さん」と呼んだ。

「彼女が、さっき話した影山さんです。影山さん、占い師のオリハシ先生のお遣いの方がいらっしゃいました」

「ああ、西口の。あ、お茶菓子買って来たんですけど、よかったらご一緒にいかがですか？」

影山は、手に提げたエコバッグを両手で広げた。中身は煎餅、最中、甘納豆。先ほどパフェを食べたばかりだけれど、和菓子はまた別腹だ。

「えっお菓子ですかぜひ……と言いたいところですが、あいにくと仕事中ですので」

修二に肘《ひじ》で小突かれて、「お気持ちだけ」と遠慮する。後ろ髪を引かれそうになるのを

咳払い一つで吹っ切って、

「影山さんにも、少しお話を聞かせていただきたいんですが。いいですか？」

「ええ。どんなことかしら」

「影山さん。もしよかったらお菓子、持ってってきましょうか」

「大丈夫、ありがとう」

ではお先に、と浅尾は二言三言告げると、ドアを開けて部屋の中に入っていった。

浅尾にもう少し聞きたいことがあったけれど、まあ、いいだろう。今度は影山に向き直り、挨拶する。

「オリハシの遣いで参りました。蛇の神様が見える、ということですが」

「うん。細くて白い蛇が、彼女の肩にいるのが見えるわ。きっと彼女に力を与えてくれているのだと思う。そうだわ、占い師さんの関係の方なんだから、あなた方にも見えるでしょう？」

そう言う影山の瞳《ひとみ》はよく輝いて見える。きらきら、というか——爛々《らんらん》、というか。その強さに、奏はつい一歩後退する。

「あの……わたしはただの、お遣いですから。ちょっと、そういったものを見るような力は……ねえ、修二さん？」

「お？　蛇の話か。蛇神といえば古くは――」

「修二さん」

「いや、あの、うん。俺たちは門外漢なんだ。残念だが」

明らかに面倒そうな相手を前に話を膨らますんじゃない。そんな意味を込めて睨むと、修二は慌てて口を閉じた。

二人とも「蛇」に関して詳しくないと判断した影山は、「残念です」と首を傾げる。

「ちなみに、影山さんから見て、浅尾さんはどのような方ですか？　――蛇の話以外で」

「そうねえ。手先が器用で、目立つのが嫌いで。ああ、あと花が好きってイメージかな」

これは初めての情報だ。

「彼女とは高校の頃、同じサークルに所属していたんだけど。わたし一時期、盲腸で入院したことがあるのよね。で、サークルの皆がお見舞いに来てくれたとき、あの子、待雪草を贈ってくれたの。入院中は暇でしょうから、気晴らしに花でも眺めてくださいって言って」

「お花の贈りものですか。素敵ですね。わたしも修二さんから百本のバラの花束《はなたば》とか貰ってみたいです。うふ」

「百均の造花でも税抜き一万円か。ちょっとな」

無言で彼の脛《すね》を蹴ると、修二は声もなく蹲《うずくま》った。

「……あら、大丈夫？」

「修二さんなら大丈夫です。それから、ええと」

苦々しい声で「覚えてろよ」と聞こえるが無視。先に女の子の心を踏みにじったのはそちらなのだから。

「さっき、浅尾さんにも伺ったんですが。皆さんの指導をされている外部の先生のことを聞きたいんです」

「先生？　いえ、うちのサークルに指導担当の方はいませんよ。敢えて言うならサークルの卒業生でしょうが、彼らも新年度が始まって間もないいまの時期に来ることはありません」

「では、四月以降は一度も会ってらっしゃらないってことですか」

「四月……というか、今年に入ってからはまだいらしてないですね。皆さん社会人ですから、年明けから年度始まってしばらくは、お仕事で忙しいんです」

「今年に入ってから、一度も？」

「ええ、一度も」

奏の言葉を繰り返して、頷いた。知り合いの先生から配役について意見をもらったという西口の証言と齟齬《そご》を来たす。

やがて階段の方からざわざわと、複数の学生たちの声が近づいてくる。時間の空いた学生たちが各々の所属するサークルへ向かっているのだった。いまはまだ落ち着いているこの廊下も、じきに人の行き交いが増えるだろう。潮時だ。

「ご協力ありがとうございました。オリハシに伝えます」

「とんでもない。占いに使えそうなお話、何もできなかったですけど、大丈夫ですか？」

「いいえ、もう、充分なくらいに。いい占い結果が出るよう祈っていただけたらと思います」

充分なくらいに――というのは、本当は、正しくない。

不明な点はなお残されているが、一つ、推測できたことがある。丁重な礼と別れの挨拶をして、この場を去ろうとするそぶりをしながら、

「そうだ、聞き忘れていました」

奏は言った。

「オリハシから、聞いておくように言われた質問がもう一つあるんです。いいですか？」

本当なら浅尾に聞こうと思っていたことだが、この際、影山でもいいだろう。尋ねると、彼女はラフに頷いた。

「わたしで答えられることなら、なんでも」

何を聞く気だ。そんな修二の視線を感じたが、彼は要らぬときに余計なことを言う人ではない。「これがその『西口に知られたくない質問』か」と言いたそうな雰囲気を醸《かも》し出《だ》しているけれど、彼は無言で待ってくれた。

そうとも、これが知りたくてここまでわざわざ出向いたのだ。廊下の壁に寄りかかったままの影山に、奏は質問を投げかけた。

右手で胸のペンダントトップに触れながら、自然な様子を装って——

「あなたと浅尾氏は不仲ですか？」

影山の表情が、目に見えて変わった。

一時、黙る。奏が無言になったのは、答えを待ってのことだったが——影山は何も言わず視線を外した。

その振る舞いが雄弁な答えとなる。

「オリハシからの言伝《ことづて》でございます。『あなたのためになりませんので、時間の浪費に過ぎぬことはやめなさい』と。——お時間をいただきありがとうございました。以後何かありましたら、どうぞ占い師オリハシをご贔屓《ひいき》に」

背を向ける。歩き出したとき、「待って」と声を聞いたけれど、奏は聞こえないふりをした。リノリウムを行く靴の音は学生たちの笑い声に紛《まぎ》れる。影山は追ってこなかった。

階段から、一階へ到着。

不意に修二が「学生時代を思い出した」と呟いた。

「どうしてですか?」

「説明の足りない学友に、しょっちゅう振り回されてたからだよ」

答えと同時に、彼は壁の大鏡を見た。

つられて向けば、映り込んだ奏自身の姿がある。鏡の奏が浮かべている熱のない表情は、確かに彼の言う「学友」によく似て見えた。

「それで、奏」

「はい?」

「『オリハシからの言伝』っていうのは、どういうことだ。お前は先の彼女たちの話から、何をどう読み解いた?」

奏が自身の考えを「オリハシの占い」として告げるのは、そうすることでオリハシの名に傷をつけないと確信が持てたときだけだ。姉に言われたわけではないけれど、それが「代役」を任された自分の務めと奏は思っている。そして修二も奏のそのスタンスを知っているからこそ、そうと尋ねたのだ、お前はすべてわかったのだろう、と。

大きなガラス戸を押し開けて、奏たちは建物の外へ出た。青々とした木々の間から漏れる光、緑のにおいの混じる風を受けながら、思考を整理する。得た情報より自身の導き出したものが、今回の依頼の答えとして間違いのない結論であるか——さらにはその結論が、占い師オリハシに相応《ふさわ》しいものであるか、否か。

再度考え、復習《さら》い、そして。

口を開く。

「それでは、占い結果の推測を始めましょう」

占い師オリハシ代理ここにあり、と。

依頼者の西口が占い師オリハシに依頼したのは、所属する映像研究サークルの次回のコンペの「合格運」。該当のサークルに所属する浅尾には、蛇神が憑いているという。そう言い出したのは、同サークル部員の影山。浅尾を次回作の主演にと推すのも影山だが、それはなぜか。奏が二人の関係性を推測できた理由は。

「まずは、浅尾さんのことです」

設置された二人掛けベンチの一脚に陣取り、キャンパス内をどこかへ向かう学生たちを眺めながら、奏はそう切り出した。

ベンチは年季が入っているが、大人二人が座ったくらいで軋《きし》むほどには脆《もろ》くない。また、行き交う学生たちは自身の予定で手いっぱいで、こちらの会話に耳を傾ける余裕など持ち合わせていないらしい。

盗み聞きをされる心配もなく、腰を落ち着けて話ができる環境。奏たちには嬉しいことだ——さて。

「浅尾さん。彼女、海で泳げないんですよ」

「カナヅチだってことか？」

「いいえ」

隣に腰かけた修二のそれは、奏が言いたいこととは少し違う。左右に首を振り、

「水泳自体はできるのかもしれません。海で、というところが大事です。わたし、浅尾さんが、クラゲアレルギーなんじゃないかと思いました」

「クラゲ？　そんなもの、どこから出てきた」

「ラリマーのネックレスと、中華料理と、『主演を演じられない』と言ったことです」

ラリマー、中華、主演。奏の挙げたことを繰り返しながら、修二は右手の三本指を立てた。三本目にあたる薬指を前後に動かしながら、

「主演を演じられないのは、自分が引っ込み思案だから、じゃないのか」

「それもある、んでしょうね」

先ほど浅尾本人が使った言葉を繰り返した。

「彼女は主演を断る理由を『表に立つのが苦手だからか』と尋ねたわたしに、それ『も』と言いました。すなわち、演じられない理由は複数あるということです」

それ以外の理由。「海に入れないこと」だったのではなかろうか。

海の街を舞台とした映画、主演は海を泳ぐシーンがあって、そのための撮影に夏には熱海に行く計画がある。そう、西口は言っていた。

「彼女がクラゲアレルギーではないかと考えた根拠の一つ目は、高校のブログの記事です。彼女は海に行ったとき、ラリマーのネックレスをしています。ラリマーは水に弱い。浅尾さんは最初から――少なくともその日の朝から、海に入る気がなかったと読み取れます。ただ、この時点では、なぜ海に入りたくないのかはまだわかりません。それがわかったのは」

彼女の参加したがらなかった、コンパ。その会場となったのがどこだったか。

「中華料理には、食材としてクラゲを利用するものがある。だから、コンパを欠席したってお前は言いたいのか」

「クラゲアレルギーは、クラゲの毒により発症するアレルギーと、摂食により発症するアレルギーがありますが、その両方を持ち合わせる人は珍しくないですね」

「だけどそれは極論じゃないか。中華料理のすべてにクラゲが使われているわけじゃないだろう。サークルのメンバーに自身の体質のことを伝えて、クラゲを使った料理を食わなきゃいいだけの話――」

はたと口を閉じた。さすがに彼も気づいたようだ。

「……サークルのメンバーの中に、浅尾の食事に意図的にアレルゲンを混入させそうなやつがいたとしたら」

「コンパのときだけじゃないですよ」

根拠となる情報がそれだけなら、奏もその可能性を提示したりはしない。

「クラゲアレルギーの人間が食べてはいけないもの、いろいろあります。たとえば、クラゲの毒と同じ成分は、納豆なんかにも含まれるんです」

「よく知ってたな、奏」

「『クラゲアレルギー』でググったら出てきました」

スマホを振ってみせる。いまどきインターネットに接続すれば、どんな情報も手に入る。占いなんかよりも確実で、現実的な情報が。

そして、

「……さっき、影山のエコバッグに」

「クラゲアレルギーの原因となるものは、ポリガンマグルタミン酸。正確には納豆菌が発酵する際に生まれるものですから、製造に納豆菌を使うわけではない甘納豆でアレルギーが発症することはまずないでしょう。ただ、それでも、同席する浅尾さんを『不快にする道具』としては使えます」

彼女の後ろに蛇が憑いているという嘘を西口に吹き込んだのは、影山だ。

サークルの飲み会で店を取るのも、影山の仕事だ。

「でも、浅尾さんも一方的にやられっぱなしじゃないみたいですね」

「ん？」

「高校の頃、浅尾さんが入院中の影山さんへ贈ったという、待雪草。彼女は花と言いましたが、草、というだけあって、あまり花束に向くものではないです。贈るのなら——そうですね。基本的には、鉢植えですよ」

「……ああ。見舞いのタブーか」

それだけ聞けば修二も思い当たったようだった。

「土に『根づいた』植物は『寝つく』ことを想起させることから、縁起が悪いとされる」

「ええ。ついでに言うと、待雪草って花。スノードロップとも言うんですけど、これ『死を象徴する花』としても有名ですよ。そう考えると、待雪草の鉢植えは、入院患者への嫌がらせには最高ですね」

修二は露骨に顔を顰《しか》め「げえ」と呟いた。

「ついでに……これは邪推かもしれませんが」

「まだあるのか」

「先ほど部室にお伺いしたとき、浅尾さんは『次回作の小道具』のために、何かを分解して白いビーズを手に入れていました。影山さん、高校のときの海水浴で、彼氏さんらしき方とお揃いの白いアンクレットをしていましたね」

「浅尾は影山の、恋人との思い出の品を破壊したっていうのか」

「言い切ることはできません。浅尾さんが壊していたのは本当に『サークルに残されていた不要な備品』で、まったく別のものだったのかもしれない。影山さんは当時の彼氏さんとすでにお別れしていて、当時の思い出のアクセサリーを、不要物としてサークルに寄付したのかもしれないし……ただ」

真実はいまのところ不明だ。ただ、彼女らの関係を考えたなら。

——一方的ないじめが行われているわけではなく、互いに互いへ嫌がらせを続けている。互いへの表面上の振る舞いは親しそうであるから、きっと他の人たちからは、仲のよいサークル仲間に見えるのだろう。だから西口は、影山の「浅尾を主演に」、それが悪意からくる進言であるとは疑わなかった。

「蛇が憑いているっていうのも、影山の言い出したことだからな。スピリチュアル方面を好む西口が神様話を信じ込んでくれたらと思って考えた、影山の法螺《ほら》話だったってことか」

「ああ……それも変だなと思ってたんです」

くだらない諍《いさか》いから生まれた神様話には、あまりにお粗末《そまつ》な穴があった。

「蛇憑き、のことです。修二さんと西口さん、『日本では、多くの地方で蛇は古くから水の神様として崇《あが》められてきた』って言ったじゃないですか。日本でどうして蛇が水の神様なのかっていったら、蛇が川の近くや畑に生息していたから、なんですよね。つまり『水を司《つかさど》る日本の蛇神の大半は、農耕の——川や田畑の神だ』」

「知ってたんですか」

「俺が知らないわけないだろう」

知っていたなら言ってくれればいいのに。

「たとえ浅尾に本当に蛇が憑いていたとしても、日本の蛇は大抵、海のことにはかかわらない。映画のできには関係ないっていうことか」

奏が少し考えればわかることを、民俗学を専攻する影山が知らないというのはおかしな話だ。修二は残念そうに「やっぱり、蛇憑きも本物のオカルトじゃなかったか」と言った。

さて、二人の水面下の諍いを見抜かれ、占い師オリハシに「やめなさい」と言われた影山は何を思っただろうか。ただいずれにせよ、奏の考えたことを、修二が代弁してくれた。

「映画製作は、うまくいきそうにないな」

必ず傑作ができあがる、と手放しで言えたものではないことは確かだ。ただ、

「でも、ですね」

「ん?」

「わたし、これはたいしたことじゃないと思っていて」

不意に黄色い声がして、そちらを見ると、知り合いらしい女子学生二人が偶然出会えたことを喜んでいた。久しぶり、と声をかけあう姿は互いの友情を疑っていない。

「ぶっちゃけ、影山さんが浅尾さんを嫌っていて意地悪していようと、浅尾さんが影山さんへの仕返しを考えてサークルに所属していようと、それは、どうでもいいことなんだと思うんです。だって、二人の仲違《なかたが》いがあったとしても、西口さんを始めとするサークルの他の方々が頑張って、とてもとても見事な作品を作り上げるかもしれないじゃないです

か。そういう可能性はあるじゃないですか」

「ああ」

巷で言われている評判。——占い師オリハシの占いは当たるのだ。だから奏は彼らの映像コンペの結果を確実に見通し、当てて、依頼者に適切な言葉を託さなければならない。

そのために必要な結論は、メンバーの不仲だとか、海の映画に川の蛇を頼るのは窓口違いだとか、そんなちゃちなものではなくて。

「今回の『占い』に大事なことは、もう一つあるんです」


裾ずるずるの着る毛布は、いまの時季はいいけれど夏は暑くてかなわない。

そろそろ代替案を考えなければと思いながら、奏は仕事机の上に革のブックカバーを掛けた漫画を積んだ。脇に百円ショップで買った黒色の布を広げ、その上に先日キャンパスで拾ってきた木の枝とよく洗った石ころを並べたらそれっぽい雰囲気は出せている、気がする。どんな占いの道具ですかと聞かれたら西洋の古い占星術です、と誤魔化す心構えはできていた。

鏡に向いて、少し濃いめのアイシャドーを手に取る。鼻筋を通すように明るめのコンシーラーとハイライトを入れた。赤みの強い口紅を選んで唇を厚く取り、ついでに銀縁の眼鏡など掛ければ、普段の奏とは印象の違う、大人っぽい人相ができあがった。自分ではなかなか色っぽくてセンスがあると思うのだけれど、修二に見せると二歩ほど引くので、このメイクは代役で必要なときにだけ使うと決めている。

部屋の明かりを暗めに落として、パソコンの電源を入れる。着る毛布と同色のフードを目深に被って顔を隠すと、占い師オリハシのアカウントでウェブ会議システムに接続する。

やがて、画面に女性が一人、映った。

見たことがある。当然だ。

「……あなたが」

一方で相手は、こちらの正体には気づいていない。ため息のようにそう口走るのを聞きながら、奏はディスプレイに向け、深く頭を下げた。

「ご利用ありがとうございます。占い師オリハシでございます——先日は遣いの者が、世話になりました」

「いいえ」

先日の奏たちがただの遣いで、いまディスプレイ越しに見ている黒ローブこそが本物の占い師オリハシであると、依頼者西口は信じて疑っていない。「お目にかかれて光栄です」との声はおべっかを使っているようには聞こえなかった、が。

依頼の話はメールでしたし、実際に話を聞いたのはオリハシの遣い。彼女にとって占い師本人と対面したのは今回が初めてだ。拝郷やサークルのメンバーから話を聞くに、彼女は神秘というものに人一倍の興味を持っているようだったが、その界隈《かいわい》では有名であるはずのオリハシを目の前にしても、興奮の様子は見られない。

なぜか。その答えに、奏は一つの仮説を持っていた。——西口が傾倒しているものは、スピリチュアル全般という、広い分野に対してのことではないのか。

奏は占い師オリハシとして、顔を上げずに言葉を聞く。

「こちらこそ、お遣いの方々にご足労いただき、本当にありがとうございました。お二人にお渡しした資料は、占いの参考になりましたでしょうか」

「ええ。おかげさまで、いろいろな方法で、占いをさせていただくことができました」

並べた石ころの中から一番黒々としたものを引き寄せ、なむなむ、と手を擦り合わせる。

「西口様の星の巡りは、すでに見えております」

「では——」

「ですが、西口様。その前に一つ、お伺いしたいことがございます」

「聞きたいこと?」

「何かわたくしに隠していることはございませんでしょうか」

西口の先を急かす言葉が、口が、ぴたりと止まった。

「隠しごと、ですか」

「ええ。このたびのご依頼、サークルのコンペの行方についてということでお預かりいたしましたが――しかし。西口様、どうしてかこちら」

奏は黒色の石を、人さし指と親指でつまんで持ち上げて、カメラの最も目立つところに引き寄せた。

その石そのものに意味はない。けれど、

「妙に、黒い影が立ち込めているのでございます」

西口の目には無意味なものとは映らなかったことだろう。

ブックカバーを掛けた漫画を手に取り、開いて、目を落とす。ギャグ漫画を選ばなかったおかげで、無事に無表情を保つことができた。

「誤解なさらないよう。これは、コンペの行方が芳しくないということではございません。何か別の運気が濁り、滞り、その影が落ちて見通すことができなくなっているのでございます」

「影、というのは」

「主に、金銭面で」

西口の声はしっかりしているが、ディスプレイ越しにも顔色が変わったのがわかった。予想外の言葉に戸惑っている様子、ではない。

心当たりがあって、それでなければいいと祈っている顔だ。あるいは。

どう隠しきろうかと、頭を捻《ひね》っている様子。

しかし奏も、逃がす気はない。本から視線を上げ、置いた石には指一本触れず、

「西口様。わたくしが申し上げるまでもなく、あなたはご自身の濁りにお気づきでいらっしゃるはずです」

「それは……」

「わたくしは占いによりすべてを見通しております」

奏はカメラを真っ直ぐ見据えたまま、抑揚《よくよう》をできるだけつけずに語る。西口の思うすべてを見抜いていると、その語り口で信じさせる。

「あなたの隠していること、遠からず西口様の身近にいらっしゃるどなたかが気づくでしょう。その前に、ご自身の口から申し出た方が、傷は浅く済むのではないかと思います
——あなたの『先生』が、あなたにどうおっしゃったかはわたくしにはわかりかねます

が」

「……先生のことまで、あなたは」

「すべては占いの結果でございます」

カメラを睨みつける。ディスプレイに映る西口の表情が強張《こわば》っている。やはりこの依頼における癌《がん》は「先生」だった——キャンパスで修二と話した「もう一つのこと」を思い出す。

あのサークルにはもう一点、問題点があることに気づいていた。あの日、キャンパスのベンチでメンバーの不仲に関する推測をしたとき、奏は修二にこんなことも話したのだ。

「妙だなと思ったのは、大学の活動報告ブログを見たときです」

「ブログ?」

喫茶店にてスマートフォンで検索して表示した、あれ。「なんか変なところあったか」と首を傾げながらスマホをポケットから取り出して、画面を撫でる修二の手元を覗き込む。

検索結果をタップして、表示。ブログの記事タイトルがずらりと並んだ。修二の親指が動いて、画面をスクロールさせていくのを横から覗く。

「変、っていうほどではないんですけど。今年度の初め、壊れたカメラを直したっていう記事があるんですよね……あ、これです」

指を伸ばし、目的の記事のタイトルをタップする。電波は良好で、すぐに画面が切り替わった。

「大学の活動補助金が入ったからカメラを直した。なんか間違ってるところ、あるか？」

「ないですよ」

「あるから気にしたんだろ」

それはそうだけれど。

サークル活動としてのその行動自体には間違いはない。決して間違いはないが、もっと効率的な流れがあるだろうと、奏は思うのだ。

「浅尾はカメラを『うちのサークル活動に最も必要なもの』と言いました。それだけ大事なものであるのに、どうして活動補助金が出るのを待ったんでしょう」

「そりゃ、修理する金がなかったからだろ。精密機器の修理代は高額だ」

「ええ」

現にブログの中で「今回の活動補助金はカメラの修理に使った」とある。カメラの修理に全額が消えたと読んでいいだろう。

「だけど、どうして彼らは——というか西口会長は、機材の修理に、彼らが納めているサークル会費や、先輩たちが残したはずの賞金を使うという判断を行わなかったんでしょう」

「活動の中で、他にも金を必要とする場面があるからだろう。そっちに使いたかったんじゃないのか」

「なるほど。たとえば？」

「そりゃあ、大学の映像研究サークルだろう。となれば撮影用の小道具や衣装……撮影場所の確保……飲み会……いや……」

思い当たる可能性を一つ一つ挙げていく修二の声は少しずつ小さくなっていく。当然だ。西口や浅尾が、それは真実でないと語っていた。小道具はすでにあるものを再利用し、衣装は自前のものを使用。撮影場所の経費や道具はそれぞれがバイトで工面し、飲み会も個人が負担。

「カメラはサークルの貴重な活動道具です。それが壊れてしまった。だというのに彼らはなぜか、サークルの会費や先輩たちが残したお金を使わない。なぜ西口はそれを使う許可を出さなかったんでしょう。貯蓄のため？　まさか」

活動のために徴収した会費。それを活動のために使えなかった理由とは。

「仮説。西口は口座から、金を出せなかったのではないか」

「その金は、どこに」

「正確なことは。ただ、西口さんは、今回のコンペに出す作品のことを『先生』に相談した、って言いましたよね。その『先生』って、どういう人のことを指しているんだと思います？」

「普通に考えたら、サークルのメンバーに演劇の指導を行う人のことだ、けど」

「そうではない」

浅尾と影山は、このサークルに「先生」と呼べるような外部の指導者はいないと言った。浅尾は「会ったことがない」とすら言った。

そして。

拝郷の言葉を思い出す。――西口がスピリチュアルにハマった。

しかし、西口とした話の中で、西口が触れているスピリチュアル関係のものは「サークルのメンバーの一人に蛇が憑いているらしいという話がある」「それによって自分たちの作品がよいものに仕上がると信じている」というだけだ。さて、そんなささやかな噂話《うわさばなし》を信じたという程度のことで、自分たちの作品に対する希望にしたというだけで、その人のことを「スピリチュアルにいたく傾倒している」と表現するだろうか？

他にもあるのではなかろうか。彼女を「スピリチュアルに傾倒している」と称す何かが。西口の発言の中でそれに当たりそうなものは、と考えたとき。

「彼女、信頼できる先生が『演劇の』先生だとは言いませんでしたね。大学生活においては、いつの時代も『妙な勧誘には重々気をつけろ』と念押しされます。その代表格が、出会い系、薬物濫用、それから……」

悪質な宗教および各種団体への勧誘。

西口が個人的に、そういった団体とかかわりを持っている可能性。

また、彼女がそれに「傾倒している」とすら称される状態であったのなら、その先生とやらを頼り始めたのは、蛇憑き騒ぎに始まったことではない可能性がある。

「西口は、サークルの先輩がこれまで貯《た》めてきた、またこれまでにメンバーから徴収したサークルの資金を、『先生』への相談料として使い込んでしまったのではないでしょうか」

「じゃあ、コンペでいい成績を収めたいと考えたのは」

「修二さんも気にされてたじゃないですか」

賞金百万円。

学生には、決して安くない金額だ。

西口がこの一件で本当に得たいと思っていたのは、浅尾を説得する材料ではなく、使い込んでしまったサークルの資金に代わるものを得る方法だったのだ。

想像する。信奉する先生へ、相談料として繰り返し金銭を支払う西口の姿。サークルの資金を使い込み、目減りしていく資金に彼女は、どうにかして代わるものを準備しなければならないと考えた。そこに映像コンペのチラシと「蛇憑き」浅尾が現れ、先生にそのことを相談したところ、「その蛇憑きの彼女を主演にすればいい映画になる」とか適当なことを言われ——信じ込み——

「今度のコンペの百万円を、使い込んだ金を補塡《ほてん》するために使うのか、それとも先生に『献上』する資金としたかったのか。そこまではわかりませんが、いずれにせよ、本来使ってはならないお金に手をつけてしまった彼女には、どうしても欲しいものですよね」

それこそ藁《わら》にもすがる思いだろう。

もしかしたら、拝郷は西口のその行いを知っていたのではないだろうか。知っていなくても、映像研究サークルからよくない団体に金が流れていると、噂に聞いていたのではないだろうか。

だから著名な占い師であるオリハシのことを西口に教え、なんとか言いくるめて依頼させたのではないだろうか。餅は餅屋、あるいは毒を以て毒を制すために。オリハシが西口の目を覚まさせることを願って。

——想像から、現実に戻る。ディスプレイの向こうで、西口が爪を嚙んでいる。

気づかれないようそっと息を吐いて、また吸った。

「映像コンペの結果は、あなたの纏《まと》う濁りの深さに左右されましょう。わたくしからは、どうぞ、まずは身の振り方をお考えくださいますよう申し上げます。あなたが身勝手に手放したあなたのものならざる財のこと、あなたが手放した信頼のこと。あなたの『先生』を信じるも、わたくしの占いを信じるも、あなた次第です。ただ——その、先生というお方」

奏は何の意味もない石をもう一度持ち上げて、両手で覆《おお》ってみせた。

「わたくしの目からは、あまりよろしいご指導ができているようには思えませんけれども」

いずれにせよ、すでに彼女は罪を犯した。その事実は変わらない。

あとは大学の学事課に洗いざらい話し、怪しい団体と縁を切るか。サークルないしは大学を辞め、逃亡するか。

「まずはこの、濁りを鎮めてくださいませ。方法はご自身が、すでにご存じでしょう」

奏は両手をカメラに寄せ、口を閉じた。

貰った依頼料と併せて考えても、これ以上の助言は必要あるまい。オリハシ代役としての「占い」の結果は充分に伝えた。

それを受けてこれからどう動くかは、彼女次第だ。

＊＊＊

奏のもとに、拝郷から昼食を誘うメッセージが届いたのは、「代役」の仕事を終わらせた翌々日のことだった。書かれていたのは「学食の辛口カレーが食べたいのだ」というたった一言のみだけれど、話したいことがあるのだということ、またその内容まで予想がついた。

大盛カレーに牛肉コロッケまでのせて、向かいの席で汗をかきかき「これだねぇ」と頬を膨らませる学友は、嬉しそうである。

ただ、話を切り出す様子は一向にない。放っておいたら彼女はカレーを食べただけで満足して帰ってしまいそうだ。仕方がないので、こちらから話を振ることにした。

ナポリタンをフォークにぐるぐる巻きつつ、どこから話そうかと考えて、

「西口さんのことだけど」

「学事課の相談窓口に相談に行ったよ。わたしが付き添った」

水を向ければ、意外とあっさり口を開いた。

まったくあいつも馬鹿なことしたよね、と笑う拝郷は少し寂しそうだった。

「西口は、妙な団体の『先生』とやらに、いろいろな相談をしていたらしい。彼女はサークルの会長を務めたり、ゼミでも優秀だったし、頼られると嫌って言えない性格で。失敗できないって思い詰めるようになって、いつしか、よくないところに頼るようになっちゃった。ああいう団体の人たちは、お金さえ持っていけば、聞こえのいいことをいっぱい言ってくれるんだよね。西口はその都度、相談料を支払って、先生の有り難い占いやお言葉をいただき続けた」

それは、奏の推測とほぼ合致していた。

有り難い占い。お言葉をいただく。皮肉を込めているのか、やけにへりくだった言い回しを選ぶ拝郷だが、口調は淡々としている。

「そうして先生に頼り続けていたんだけど、二月の頭くらいだったかな。『あなたはいま、大きな悩みを抱えていませんか』『近いうちに、あなたのもとに素晴らしい出会いがあるでしょう。あなたの懸念はそれによって解消される』そんなお言葉を貰ったんだって」

「……あなたには悩みがあるけど、そのうち解消されるでしょう」

「誰にでも当てはまる、すごく曖昧な占いだよね」

拝郷は、奏が思ったことをまさしく言い当てて、苦笑した。

「わたしは彼女の抱えていた悩みを、てっきり、サークル内部の人間関係のことだけだと思っていたけど……本当は、そうじゃなかった。その頃には、西口は先生への相談料として、サークルのお金に手をつけていた」

西口は先生に縋ることはやめられず、ただその一方で、自身のしていることが間違っていることも、きっとわかっていたのだ。

「どうにかしてお金を戻さないといけないことは、本人もわかっていた。新年度が始まって大学から活動補助金が入ったことで多少の補塡はできたけど、それでも資金の使い込みを隠すには到底足りない。そして不幸にも、西口のサークルに『蛇憑き』なんて噂される新入生が入ってきてしまって、その新入生こそが先生の教えてくれた、自身の金脈なんだと信じ込み、西口は新入生に過剰な期待をした——彼女さえいればコンペで最高の成績を収められる。どうにかして、彼女を説得したいと」

それが、今回のオリハシへの依頼に繋がったのだ。

拝郷の説明が一段落して、奏は顔を上げた。

「ハイゴーのせいじゃないよ」

余計な気遣いだったろうかと思いながら告げたそれに、拝郷は少しの沈黙ののち、「うん」と短く言った。

「でも、何かもうちょっとできたかもって思うのは、普通だよね」

嚙み締めるようだったのは、単にカレーを咀嚼《そしゃく》していたせいかもしれない。

しばらく、二人とも無言で食事を進めて。

「でも、さ」

次に呟かれた拝郷の言葉に、奏はフォークを握った手を止めることになる。

「西口の先生は、どうして西口に、オリハシの占いを聞くように言ったんだろうね？」

「……え？」

意味を飲み込むのが、若干遅れた。

「ちょっと待って。今回のお姉への依頼って、お姉に占い依頼してみたらって、『ハイゴーが西口さんに』言ったんじゃなかったの？　オリハシが、西口さんの目を覚まさせるように」

「ううん、違うよ」

恐る恐る尋ねるも、予想に反して拝郷は首を左右に振った。「わたし、例の怪しい団体と『先生』のことは、学事課で西口が言ってくれるまで知らなかった」――じゃあ、どうして。

奏の認識に勘違いがあることを察した拝郷が「順を追って説明すると」と話し始めた。

「昨年、西口は『先生』と知り合い、相談に乗ってもらい、相談料を払い始めた。二月の頭くらいに、西口はサークルの未来と自身の懐《ふところ》事情を予言するような、『先生』の有り難いお言葉を聞いた。四月に新入生が入ってきて、先生の予言はきっと彼女のことであると確信した」

「うん」

「西口は、浅尾をどうしても映画に出したいと思って、説得した。だけど彼女は、頑として首を縦に振らない」

「……うん」

「西口は浅尾を説得するための材料が欲しくて、五月五日、もう一度先生のところに行った。そうしたらね、先生が『占い師オリハシを訪ねて、話を聞いてごらんなさい』って言ったんだって。それで、二週間後の五月十九日、依頼をした」

「先生が、オリハシのことを？」

指名した。なぜだろう？

拝郷が、スプーンの先をコロッケに刺す。ざく、と小さな音がした。

「そう。それから……ええと、なんだっけ」

思い出そうと唸りながらスプーンを口に運ぶ姿に、デジャブを覚える。またあのときと同じように「忘れちゃった」と続くのだろうかと案じたが、今回はそうならなかった。

飲み下して、うん、と小さく呟き、拝郷はこう、奏に教えた。

「先生ね、『いまのオリハシに、よろしく伝えて』って言ってたらしいよ」

第三章　教団と千里眼

「折橋が、妙な団体に協力、ねえ」

「あり得ると思います？」

姉が帰らなくなってから三ヵ月と少しが経った、六月三日。

奏の一人暮らしを気にした修二が手土産片手に頻繁に折橋家を訪れてくれるのは、奏としては有り難いし嬉しいことこの上ないが、そろそろ姉の安否が心配になってくる頃だ。携帯電話は持っているはずだが、姉の携帯電話は、常日頃から、着信しかできないのかと疑いたくなるほど発信機能が使われない。

先の依頼にて、思わぬところで占い師オリハシの名前が現れた。奇妙な団体の関係者が姉のことを知っているという——そのことを修二に話して意見を請《こ》うと、彼は腕を組み少しだけ考えてから、

「ないと思うけどな」

そう、私見を下した。

「折橋が集団で犯罪行為を行いたいと考えたとき、既存の団体と手を組む必要はないだろう。もし人海戦術が必要なのであれば、自分の信者で集団を作れる。占い師オリハシの屋号は伊達《だて》じゃないぞ」

「あ、そういう方向なんですね」

「方向？」

「あいつは悪事を働くようなやつじゃない、みたいな親友ムーブするのかと」

「ああ。『あいつは悪事を働くようなやつじゃない』」

「わたしというものがありながらお姉と仲がいいんですねぇ！」

「自分で言わせた言葉に妬《や》くってどういう論法だよ」

実の姉でも譲れないものはあるのだ。

「でも、わたしも同意見です。お姉がそんな、見え透いた悪事に手を染めるとは思いません。その団体の『先生』が、勝手にオリハシの名前を使ったっていうのが、最も可能性としてありそうなところでしょうか」

「……ただし」

ふと修二の表情が陰る。

何か、迷っているように見えた。

「いや。……なんでもない」

何か気がかりなことでもあるのだろうか。もしくは、何か情報があるのなら共有してほしい、そう思って言おうとするも。

ピンポン、と折橋家のインターホンが鳴ったので、話は中断せざるを得なくなった。

「お姉かな」

「だといいな」

しかし奏はもちろんのこと、友人付き合いの長い修二もまた、姉がそう簡単に帰ってくるような人間でないことを知っている。気のない相槌を聞きながら、リビングを出た。

玄関脇のインターホンを操作すると、映ったのはマンション一階のエントランス。それから、

「こんにちは」

一人の女性が立っていた。

「左々川《ささがわ》さん？」

「……げ」

奏のあとを追ってついてきた修二が、濁った声を出した。

画面の中でひらひらと手を振るのは、さっぱりした笑顔の女性。奏は、そして修二も、彼女の名前を知っていた。

占い師オリハシは多くの依頼を抱えているが、そのうちの五割近くがリピーターのものである。迷える子羊たちは、占い師オリハシの依頼用アドレスにメールを送ってくる。基本的にはそこから占いの依頼となるが、中にはメールのやりとりだけで顧客の心の整理が

つき、占いにまで至らず解決するケースもある。その場合は収入とならないが、そういうときに折橋紗枝は涼しい顔で「これも未来への投資よ」と笑うのだった。

実際、そのときには依頼にまで至らなかった顧客が、しばらくのちに「あのとき先生に良くしてもらったから」という理由で再度訪ねてくることは珍しくなかった。リピーターの顔ぶれは、年代も職業もさまざまだ。学生であったり、社会人であったり。希望する占いの内容は、恋愛を占ってほしい、勉強運を、仕事運を。おもに、自らや身近な人間の未来を知りたいという願いを抱えて訪れる、が。

そんな中、そういう彼らとは別の目的や意図を持ち依頼をしてくる人間も、ままいる。

左々川千夏《ちか》。彼女も、他の顧客とは「方向性の異なるとある理由」からオリハシへ仕事を依頼することがあった。ときおりこうして直接訪ねてくるのも、その特性ゆえだ。

奏も、彼女とは面識があった。占い師の「代役」としてでなくオリハシの妹として。

「連絡しないで来ちゃってごめんね。オリハシ先生に会いに来たんだけど、いらっしゃるかしら」

「あ、ええと」

言いよどむ。残念ながら、姉はまだ行方知れずだ。

ただ、招き入れてもいない状態でそれを告げて帰らせてしまうのも来客に対し失礼では

なかろうか。まずは上がってもらおうと判断し、

「あの、左々川さん——」

「折橋はいない。帰れ」

言いかけた奏を遮って、背後からぴしゃりと声が飛んだ。

左々川の表情が、ぐにゃりと歪む。

「……なんであんたがいるのよ森重修二」

「いたっていいだろう」

肩越しに振り返れば、こちらの表情も苦々しいものだった。直接相対していたなら唾《つば》でも吐きかけそうな顔で、画面を覗いている。

「俺は折橋の学友だぞ。どこの誰とも知らん女よりはよほど近しい関係だ」

「知らん女、って何。わたしだって、オリハシ先生のれっきとしたお客よ」

「ほう。学生時代からの友人と『ただの』客、どっちの優先度が高いかよく考えてみろよ、バカ川」

「あら、たまにはお客が訪ねてきたっていいはずよ。少なくともオカルト馬鹿の三流記者が自宅に入り浸るよりは健全だと思うけれどね」

「オカルトは奥深いんだぞ馬鹿とは何だ！」

「オカルトじゃなくてあんたが馬鹿だって言ってるのよバァカ」

「この女おとなしく聞いてりゃ――」

「何よそっちだって――」

「インターホン越しに喧嘩《けんか》しないでください！」

どうもこの二人は、相性がよくない。いつものように喧々《けんけん》とやり合い始めた彼らを宥《なだ》め、左々川を家に招き入れるまで、三十分もの時間を必要とした。


キッチンでもう一杯コーヒーを淹れ、リビングに戻ると、修二と左々川がソファの端と端に座ってそっぽを向いていた。互いを視界に入れるのも嫌だという心境がありありと見て取れる。

まったく大人らしくない、と思うけれどどこの二人に関してはいつものことだ。奏は素知らぬ顔で左々川の前にコーヒーを差し出した。

「お砂糖は、いらないんですよね」

「あら、ありがとう奏ちゃん」

ミルクありの砂糖なし。彼女のコーヒーの好みを覚えてしまう程度には、左々川はよく折橋家に出入りしている。左々川の持ってきたドーナツをシュークリームと並べてテーブルに置いて、いたずらしようとする愛猫ダイズを別の部屋に追いやった。

「お姉はちょっと……その、いなくて。今日はどんな依頼で来たの？　わたしたちでよかったら、話くらいなら聞くけど」

「俺はこんなやつの依頼なんて聞かないけど」

「ありがとう奏ちゃん。そこのオジサンと違って心が広いわ」

「誰がオジサンだコラ」

「それで、わたしの依頼のことなんだけど……困ったわね」

凄《すご》んだ修二のことを、左々川は完全に無視した。小首を傾げ、自分の頬に手を当てる。

「オリハシ先生に、ある事件の関係者を霊視してほしいの」

「事件の……？」

繰り返す奏に、左々川は「ええ」と頷いた。

占い師オリハシの顧客である彼女は、警視庁公安部の巡査部長としての顔を持っている。所属部署柄《がら》、新興宗教団体や謎の活動団体が絡む事件に関係することがままあり、そのたび占い師オリハシに捜査協力を求めて折橋宅を訪れるのだ。

左々川が占い師オリハシと初めて出会ったのはある事件でのこと。ある新興宗教団体がよからぬことを企《たくら》んでいるという情報を仕入れるも証拠を摑めずにいたところ、そこに居合わせたオリハシが事件の真相を華麗に見抜いたのだという。奏はその事件に関して詳しいことを知らない——どちらかといえばどうしてそんな事件の現場に姉が「たまたま」居合わせていたかのほうが気になる——が、左々川はその一件でオリハシの占い師としての能力をすっかり信じ、しばしば相談を持ちかけてくる。

ただ、左々川が信じる「超常現象」は占い師オリハシとその能力だけで、他の一切のオカルトの存在を信じていない。それらを面白おかしく誇張《こちょう》し、大げさに書き立てることを生業とする修二と相いれないのは、無理からぬことだった。

そしてやはり今回の依頼も、ごく一般的な占いではなく。

「とある新興宗教団体が、昨今、信者を増やして寄付を集めているって情報が入って、調べていたんだけど……どうも、信者から、相当な金銭を巻き上げてるらしいの。しかもその方法が、ちょっと……」

一瞬言いよどんだが、ここで取《と》り繕《つくろ》っても仕方がないと思ったようだ。軽くかぶりを振ると、左々川は「わたしもにわかには信じがたいんだけど」と、前置きしてこう言った。

「人知を超えてるって言うのかしら。そこの教祖様が『千里眼』を使えるって言うの」

「千里眼？」

左々川の口にしたそれを、修二はいかにも興味深そうに繰り返した。

一方、奏はピンと来ない。下まぶたを人さし指で下に押しながら、修二を見る。

「遠くがよく見えることでしたっけ。めっちゃ視力いい、みたいな？」

「誰がマサイ族の話をしてるか」

一蹴された。

「仏教で言うところの、天眼通っていうやつだ。千里眼、『千里も先の出来事すら見通すことができる』能力。日本では、明治の頃に千里眼事件なんていうのもあったな。封筒に隠したものを見透かしたり、思い浮かべた絵を乾板に焼いたり。超能力なんかと同じ類のもので、本来であれば俺たちオカルトの領分だ」

しかし。

言葉を切った修二が左々川を見る。彼女は、居心地悪そうな、自分でも信じがたいという面持ちをしていた。

「そこの教祖様が、その能力を持っているって主張しているそうなのよ」

「で、その力をあくどいことに使って信者を増やしてるってのか」

「……どうしてあくどいことだって思うのよ」

「じゃなかったらあんたの出番がないだろう」

突っかかっていこうとするもあっさり返されて、言葉をなくしたようだ。しばらく考えていたけれど、結局、そっぽを向いて「そのとおりよ」と返した。

「その宗教ではね。千里眼によって、教祖が信者の『不浄』……信者が持つ財産のうち、穢《けが》れた財産のありかを見つけるんですって」

「不浄って、汚いもの、って意味だよね」

「穢れた財産？　さては、浄財とかけてるってのか？」

「森重にしては察しがいいわね。信者の『不浄とされた財産』を、教祖が浄財として集めているの。――教祖はね、離れた場所にある信者の『不浄』のありかを、いとも簡単に見つけるのだそうよ」

「……ふうん？」

修二本人はさりげない相槌を打ったつもりのようだが、無論、彼のようなオカルトオタクが簡単に聞き流せるような内容ではない。その表情にも反応にも、隠しきれない好奇心がありありと滲《にじ》んでいる。

左々川は修二の反応など興味もないようで、説明を淡々と続ける。

「不浄の財産は、教祖のもとに寄付することで『浄財』となると、そういう話。だけど、その額が尋常でない上、教祖の懐に入っているのだから当局としては気になるところで――教祖はどのようにして、信者の不浄のありかを知るのか。本当に人ならざる力を用いているのか、まずはそれがわからないと始まらない。だから、オリハシ先生に霊視してもらおうと思ったの。もちろん、相応の謝礼は出すつもりよ。……ただ、教祖に面会する機会が、いつでも作れるとは限らなくて……オリハシ先生からは、いくら連絡しても返事がないし……」

「なるほど……」

先細りしていく左々川の説明に、奏は頷いた。だから今日、こうして直接現れたということか。

左々川の事情はわかったが、あいにくと姉は絶賛失踪中だ。どこにいるのか、戻りがいつになるのかもわからない。連絡が欲しいのはこちらも同様である最中、こちらとしても占い師オリハシ「本人」がその仕事を受けられると太鼓判を押すのは難しい。

さて、どうするべきか。修二を見ると、偶然か彼も奏の方を向いていた。

無関心を装いつつも眉間に寄った若干の皺を隠しきれていない。彼にしては珍しい表情だが、奏にとっては想い人のことだ。何を考え、何が言いたいのかは理解できた——左々川の助けになるのは不本意だが、事件に対しては興味がある、といったところ。

ならば。

「左々川さん。もしよかったら、なんだけど——」

それこそ「代役」の出番である。

「穢れた財を寄付することで浄化する。これが本当の資金洗浄《マネロン》ってか」

奏を助手席に乗せた修二は、愛車のハンドルを握りながらぽつりとそう言った。

彼が長年乗り回しているので、ハンドル捌《さば》きはやはり慣れている。たびたび現場取材にも連れていくと言うだけあってあちこち傷だらけだが、その中でも一番深い傷は、二年ほど前、免許取りたての奏が借りた際、車庫入れで誤ってつけたものだ。さすがの修二も事故後数日は力ない返事しかしなくなったので、奏はそれ以来ペーパードライバーである。

カーステから流れてくるのは流行のポップスではなく、左々川と、くだんの宗教の信者であるという人の会話を録音したものだ。内容としては、先日左々川から聞いたものとさほど変わらないものだった。超常現象を「教祖様の奇跡」として語る信者に対し、左々川の声は明らかに戸惑っている。

ステレオの左々川が呟いた言葉を、奏は繰り返した。

「千里眼……超能力、ですか」

「超感覚的知覚。お前は信じるか？」

神やらオカルトやらの超常現象の存在を否定するのだから、超能力もそうだろう、と思ったのか。しかし奏は、その問いに首を傾げた。

「信じないとは言ってませんよ」

「へぇ。意外だ」

「だって現状、宇宙の外がどうなっているかだってわからないじゃないですか。現代科学も、この世のすべてを網羅《もうら》できているわけではない。その状態で、すべての超能力を『ない』と断言はできないでしょう。……だけど『それを信仰のネタにして私腹を肥やしている』って続くのなら、胡散臭い話だなと思います」

科学の発展のため、然《しか》るべき機関で自分の能力を研究に尽くしている、とかであればまだしも。

カーナビが「目的地付近に到着しましたので案内を終了します」と喋った。おや、と奏があたりを見回すより早く、修二が目的の看板を見つけている。右曲がりのウィンカーを出して、駐車場へと乗り入れた。

敷地《しきち》は、長方形の平屋の前に、数台が収容可能な駐車場——というか、コンビニだった空き物件を再利用したと見える。東京は青梅《おうめ》市のはずれに位置するだけあって、大通りからも離れており、比較的静かな場所だった。建物の窓はすべてブラインドが下ろされ、中を覗くことはできない。

駐車場にはもう一台、車があった。その持ち主である彼女は、車の隣に立ってひらひらと手を振っている。奏は車から降りると、彼女に駆け寄った。

「左々川さん、おはようございます」

「おはよう。急なことでごめんなさいね、学校は大丈夫だった？」

「はい。たまたま休講で」

正確にはサボり——もとい自主休講だが、拝郷に「明日カレー奢るから二限の代返お願い」とメッセージを送ったところ「エビフライつきで手を打とう」と快い返事を貰うことができた。

しかしそんなことを説明する必要はない。ぺこん、と頭を下げる。

「今日はどうぞよろしくお願いします」

「よろしくね。こちらは、教祖さんをご紹介してくださる、鏑木奈々《かぶらぎなな》さん」

左々川の紹介を受けて頭を下げたのは、三十半《なか》ばくらいの細身の女性だった。幸《さち》薄そうな印象に見えるのは、飾り気のない質素な服装のせいか、それともこちらの勝手な思い込みか。

「初めまして。名永教《めいえいきょう》にご興味を持ってくださって、ありがとうございます」

メイエイキョウ、というのがこの宗教の名らしい。左々川にも聞いていたので軽くネット検索してみたところ、活動を始めたのは三ヵ月くらい前のことだという。ウェブサイトも存在しているが、教祖の教えと、ゴテゴテした華美な動画が掲載されていた。教祖は名永という名の男性で、十代の頃に神の教えを聞き、同時に能力に目覚めたとかなんとか。ただ、動画や掲載された写真を見るに、三十代には入っていそうな顔立ちだった。「十で神童、十五で才子、二十過ぎればただの人」なんてことわざを思い出したが——はたして。

鏑木は目を細めて笑った。目じりに皺が寄る。

「わたしの『不浄』を教祖様が清めてくださるところを、見学されたいということで。お若い方にご興味を持っていただけたことに、教祖様も、とてもお喜びになっているそうですよ。こちらへどうぞ」

左々川を見ると「話を合わせてちょうだいね」と唇の動きだけで言った。我々三名は、教祖様の教えに胸打たれて入会を希望していると、そういうことになっているらしい。ならばそれっぽい対応をした方がいいだろう。奏は胸の前で手を組んだ。

「教祖様にお会いできるんですか。きゃあ。カナちゃん嬉しい」

「白々《しらじら》しいぞ」

肘で突くと「痛て」と小声の抗議が飛んできた。

――コンビニに似た建物の入り口は自動ドアではなかった。観音開きのドアを開けると、中はだだっ広い空間が広がっている。ブラインドによって窓からの明かりは遮られ薄暗い。部屋の奥中央には教卓のようなものが置かれ、それと向き合うように四列にわたって並んだパイプ椅子《いす》の最前列には、無地のパーカーを着た男性が一人、座っていた。

「あら……こんにちは、満倉《みつくら》さん」

「あ、鏑木さん。こんにちは」

「本日は、どうして？」

「教祖様に僕の『不浄』を見つけていただくことになりまして。緊張しています」

「大丈夫ですよ。教祖様は誰の魂も等価にお救いくださいます」

鏑木の言葉に、満倉と呼ばれたパーカー男はにこりと笑った。その男性も、信者らしい。左々川の言葉を思い出す――「離れた場所にある信者の『不浄』のありかを、いとも簡単に見つける」。

彼の隣に修二、奏、左々川、鏑木と続いて座った。腕組みをした修二が「羽毛布団でも売られそうだな」と呟いたのを聞いて、この席順が、何かあったとき奏を守るためのものなのだとそのとき気づいた。

満倉を観察。緊張しているのか、視線は真っ直ぐで肩には力が入っている。奏と同年代か、もう少し上。少なくとも修二よりは年下に見えた。先ほどの鏑木との会話を聞くに、まったくコミュニケーションが取れないタイプではなさそうだ。修二越しに、話しかけてみる。

「初めまして」

「あ、どうも」

満倉は首をひょこっと折って礼をした。気安い挨拶だ。

「あの、教祖様に『不浄』を見つけていただくって言ってましたけど。あなたは、けっこう頻繁に、ここに来ているんですか？」

「いえ、僕は今日が初めてです。ここを知ってからも、まだ日が浅くて。……教祖様のお力を信じないわけではないですが、ちょっとだけ、本当かなって思ってます」

「そうなんですか」

「そちらは？」

「わたしたちは見学に誘われて。ね、兄さん」

「お、おお？　ああ、うん」

まさか兄役をやらされると思っていなかったのか、いきなり話を振られた修二はひっくり返った声で答えた。怪しい教団の本拠地とも言える場所で、まさか本当の身分を明かすわけにはいかないだろう。――結婚間近の仲睦まじい恋人同士という本当の身分は。

「薄暗くて、ちょっと怖い雰囲気ですよね。皆さん落ち着いていらしてすごいです」

「いや、僕もけっこうびびってますよ」

歳近い女の子に話しかけられて、満倉は悪い気はしていないようだった。

せっかくなので何か聞き出しておこうかと、簡単なプロフィールを探っておく。満倉行信《ゆきのぶ》、歳は二十三、大学院生。「最近どうもついてなくて」と頭の後ろを掻《か》く彼と、取り敢えずアドレスを交換――念のため捨てアド。

「君は？　学生さん？」

「ええと、わたしは」

聞き返され、どう答えようかと思ったとき。

奥からスーツの男性が一人、出てきた。彼が教祖かと思ったがそうではないらしい。荷物持ち、雑用、庶務――なんでもいいが、彼は両腕で抱えるようにして水槽を運んできた。

大きさは三十センチ四方ほど、中に水草と水を満たしたらアクアリウムにでも使えるだろう。男は教卓の上にそれを置くと、顔を上げた。――目が合った。

と同時、動きが止まり、なぜだか奏を凝視している。面識はないと思うのだけれど――

そう思っていると、修二が身じろぎした。こちらに少し身を寄せたのは、男の視線に気づいたためか——守られるのは悪い気分ではない。ただ、男も自身の役割をすぐに思い出したようで、間もなく視線を逸らした。

教卓の陰から何かを持ち上げる。やけに大きい水差しだ。そこから水槽へ、何かの液体を注いでいく。液体はやや濁っていたが、完全に向こうが見えないというほどではない。水差しを二台使い水槽の半ばほどまで液体で満たすと、彼は水差しをもとのように教卓の陰に隠して、置いた。

「お待たせをいたしました。これから教祖様の奇跡を執り行います」

深く頭を下げる。奇跡、とはまた仰々しいことだ。

それを合図としたかのように、奥から男性が一人、姿を現した。黒いローブのようなものを着て、フードを被り、足元まですっぽりと隠しているその姿に、

「あっ」

つい奏は声を上げた。

「何か?」

が、いま話すべきことではない。スーツ男の質問は質問ではなく「静かにしていろ」という圧のようなものがあって、

「失礼しました。……なんでもないです」

奏は首をすくめて謝罪した。修二の不思議そうな視線には、同じく視線だけで、「なんでもない」と応える。あとで聞かれるだろうな、と思いつつ。

奇跡のための儀式は、粛々《しゅくしゅく》と続く。

「信者、満倉行信。前へ」

「は、はいっ」

名を呼ばれた満倉の肩が、緊張したように強張るのがわかった。力いっぱい立ち上がったせいで、パイプ椅子が派手な音を立てて倒れる。

「す、すみませ――」

「東に、穢れた帳面が見える」

椅子を直そうと慌てて屈《かが》んだ満倉の背に、教祖の声がかけられた。

それが自分へのものとすぐには気づかなかったらしい。満倉は一拍置いて反応し、怪訝そうに教祖を見た。

教祖は顎を上げた。フードの奥に見える目は、どこを向いているのか判然としない。ただ、彼の目は、この場にいる誰の見ているものとも違う何かを映していた。

「住む家の、東側。これは……トイレか。いや、洗面所。下の棚……奥。中に……不浄の財が見える。帳面のかたちをしている」

帳面、というとノートとか、冊子とか。価値のある冊子？　本？　古書？

はっと満倉が顔を上げる。

「どうして」

「ご自宅のそこに、何かを隠しているんですか？」

奏が尋ねた。口を挟んだことを咎《とが》める人はおらず、満倉はその問いかけに、信じられないものを聞いたとばかりの様子で答えた。

「実家からの仕送りを……入れた、通帳が。どうして」

修二が「本当にあるのか」と呟いた。その「ある」がどちらを指しているのか奏にはわからなかったけれど、いずれにせよ驚くべきことではあった。教祖の言った場所に、財産が本当にあるということ。そして、教祖が、信者の姿を見ただけで不浄のありかを知ることのできる力を——千里眼を持っているということ。

左々川を見ると、彼女も目を丸くしている。鏑木は……いかにも心酔している面持ちで教祖を見ていた。スーツ男は微動だにしないまま、教組とやらの横に。

教祖はフードを被った頭を、縦に動かした。

「心当たりがあるのならば、話が早い。満倉、その『不浄』を現金とし、月のない夜に布袋に入れ、ここに持ってきなさい。わたくしが、その財を浄化いたしましょう」

月のない夜。次の新月がいつだったかは、奏も、調べないとわからない。

ぽかんとする満倉へ、教祖はさらに言葉を重ねた。

「実家からの、と言いましたね。不浄をいまのまま放置しておけば、ご家族にも厄が及ぶ可能性があります。早く取り掛かるがよろしいでしょう」

「──は、はい！」

「紺野《こんの》、布袋の用意を」

スーツ男の名は紺野というらしい。彼は「ここに」と折り畳まれた黒い袋を取り出すと、満倉へ渡した。そこに「不浄」を入れて持ってこいということか。

満倉は袋を受け取ると、素早く一礼して、急いで建物を出ていった。振り返ることはしなかった。

「……次いで」

ショーは終わらない。「鏑木」と声が通る。

呼ばれた彼女は満倉と違い静かに席を立つと、教卓を挟んで教祖の前に立った。

「財の浄化を行います。出しなさい」

「はい」

手にしたハンドバッグから布袋を取り出す。先ほど満倉が受け取ったものによく似ていた。袋から出てきたものは――

「札束《さつたば》……」

「二百はあるわ。帯はないから、大体だけど」

小声での奏の呟きに、頭を寄せて左々川が言った。

教祖は束を受け取ると、懐にしまい――は、しなかった。

教卓の上にある、水槽の中に沈めたのだ。

「は?」

「あなた何を――」

「落ち着きなさい。不浄を消してやりましょう」

紙幣を水に沈めるとは。突飛な行為に修二と左々川が叫ぶも教祖は落ち着き払っている。ローブの袖を捲《まく》り、水槽に手を入れると水飛沫《みずしぶき》が跳ねた。やがて彼が水槽から、手を抜いたとき。

その手には紙幣はたった五枚だけが握られていて――他の紙幣は。

「消えた」

修二の言葉通り、水槽から幻のように消えてしまっていた。

教祖は握った紙幣を、紺野に渡す。彼は白いタオルで水気を拭《ふ》き取《と》ると、整えて鏑木に差し出した。二百万はあった札束が姿を変えた五万円を、鏑木は宝物のように大事そうに受け取った。

「穢れは無事、浄化されました。どうも、この紙幣は運よく穢れに冒されていなかったようです。安心してお持ち帰りください」

「ありがとうございます、教祖様。御力に感謝いたします」

満倉と異なる、深々と余裕ある礼だった。

そして。教祖はようやく三人を見た。大きく腕を広げる仕草は、余裕綽々《よゆうしゃくしゃく》、という言葉がたいへん似合う。

「さて、お客人方。わたくしの能力が本物であることを信じてはいただけましたでしょうか」

「う……」

つまるところ教祖は、三人が千里眼の絡繰《からく》りを見抜くためにやってきたと気づいていたのだろう。苦い顔で呻《うめ》く修二に、フードの下の顔がにたりと笑った。

修二は「いかにも嘘っぽい」と思いながらも、タネを明かせてはいないらしい。左々川を盗み見ると、こちらも恨めし気に教祖を睨んでいる。そんな二人が最終的に奏に意見を求めたのは、ある意味当然のことだった。

「どうする？」

「ううん……」

ただ、奏も確定的なことを口にするのは躊躇《ちゅうちょ》してしまう。理屈で解いて占い師「らしく」喋ること。それが「代役」の仕事だが、いまここでそれをするのは尚早だ。

もう少し情報が欲しい。——ゆえに。

修二を見上げる。

「ちょっと一つ、やってみたいことがあるんですけど。いいですか？」

「やってみたいこと？」

尋ねると一瞬、眉根を寄せた。しかし、

「危なくないなら、好きにやれ」

条件がついたものの、許可は出た。奏がにこりと笑うと修二は不快げに顔を歪め「くれぐれも危険なことはするなよ」と念押しされる。どれだけ無鉄砲な人間だと思われているのか。

奏は勢いよく立ち上がり、背筋を伸ばして胸の前で手を組んだ。

満面の笑みを作り、目を輝かせ——

「素晴らしい御力です、教祖様！」

テンション高く声を張れば、同行二人は見事に目を丸くした。

＊＊＊

「妹をよろしく」と。

折橋紗枝は、ふらりといなくなるとき、妹である奏に「代役をよろしくね」と伝えていくが、同時に友人である修二のところにも、そう言い残していく。自分のいない間、オリハシの代役として立つ妹が危なくないよう見守ってくれ、という意味だ。

目の中に入れても痛くない、というのはまさにこのことを言うのかと思うくらい、折橋は妹のことをかわいがっている。学生時代、彼女の「両親が鬼籍に入っている」「年の離れた妹だけが唯一の家族だ」という境遇を知ったとき、それも無理はないことだろうと納得した。ランドセルを背負ってにこにこ笑う妹の写真データを自慢げに見せながら「かわいいでしょう」としきりに言っていたことを、いまでも覚えている。

そして妹を大事に思う折橋の気持ちは、彼女が「占い師」として身を立て、妹の奏が大学生になった現在でも変わらない。

記者として飯のタネにさせてもらっている友人の頼みでもあるし、それでなくてもこちらを慕《した》ってくれる奏のことはきちんと守ってやりたい――と常々思ってはいるが、

「そうなんですか教祖様すっごぉい！　カナちゃん感動しました！」

「……森重。あれ、いいの？」

「俺に聞かれても……」

いかにも怪しい宗教のトップに、楽しそうなリアクションで近づく奏の姿を見ながら、奏の無事を願うなら、そもそもあいつに「代役」自体をさせるべきではないのでは――と、これまで何度思ったかわからないことをまた思って、頭を抱えた。

きゃぴきゃぴといかにも女子大生らしくはしゃぎながら、奏は教祖からいろいろと聞き出していく。すごーいとかかっこいいーとか合いの手を入れながら名永教の教えを三十分ほど聞いて、教祖が充分に気をよくした頃、奏が退散の意思を示したのでそれとなく促《うなが》して逃げた。

話を聞いた結果、教祖の千里眼とは――つまるところ。

「どういうことなんですか？」

「わかってねえのかよ」

ここは例の宗教施設から少し離れたところにあるファミレス。

昼でもなく夕食にも間がある時間帯で、店内は比較的落ち着いている。左々川は鏑木を送り届けるというので、のちの合流地点にここを指定したのだった。

彼女が来るのを待ちつつ、先ほどの話をまとめておこうと始めたところ、この通り奏が首を傾げたのでついあきれた。

「教祖とあれだけ楽しそうに盛り上がってたのに、何もわかってないってどういうことだ」

「はっ。もしかして修二さんやきもちですか。自分というものがありながら知らない男といちゃつくなって独占欲ですか。きゃあ」

「あのなぁ」

「大丈夫ですよ。わたしは修二さん一筋ですからね。修二さん以外の男の人には見向きもしませんからね」

「……さて何を頼もうかなっと」

黄色い声を上げる奏には付き合っていられない。テーブルに置かれたメニューを広げて話の腰を思いきり折ってやると、奏は不機嫌そうに口を歪めた。

水を運んできた店員に、チーズケーキとコーヒーを注文。奏は紅茶とフォンダンショコラを頼んでいた。鮮やかでおいしそうな食事の写真に気をよくしたようで、奏の曲がった口はさほどの時間を要せずもとに戻った。

「あ、もしかしてさっきの教祖との話、わたしがあの宗教に本当に興味あるように見えてました？」

「いや。どっちかってと、安《や》っすいキャバクラの女の子の薄っぺらい褒め言葉を思い出した」

「修二さんキャバクラなんて行ったんですか⁉　わたしというものがありながら⁉」

「……話が脱線してるぞ」

仕事の接待で何度か経験があるだけ——とか答えればどんどん道は逸れていくだろう。テーブルを叩きつつ身を乗り出す奏に、手のひらを向けることで留める。

「興味あるようには見えなかったけど、お前、最後にガチで入信届書いて出してたじゃないか。まさかと思ったんだ」

「ああ。なるほど」

奏は鞄の中から四つ折りにしたA４サイズの書類を二枚取り出し、テーブルに広げた。

提出した入信届の控えだ。紺野とかいう男が出してきた簡素なコピー用紙には、氏名、生年月日、現在の職種などを書く欄が並んでいる。裏面にも同じような項目が並んでいるようで、鏡文字の「住所」「悩み」などが透けて見えた。二枚目は、教義のようなもの。退会の方法が書かれていないのが「らしい」と言えばらしいか。

「ご時世柄、マイナンバー書かされるかなって思ったんですけど、意外となかったですね。身分証の提出も求められませんでしたし、たいへん気軽なものでよかったです」

書類に書かれた内容をざっと目で追う。――姓は「諸橋《もろはし》」、名前は「カナ」。誕生日は「一月一日」で、現在の職種は「フリーター」と、奏の書いた内容は真っ赤な嘘ばかり。裏もどうせ、同じ状態だろう。

顔を上げた修二と目が合った奏はにんまり笑った。

「あんな集団に、簡単に個人情報渡すわけないでしょう」

「ちゃっかりしてんな。偉い偉い」

吐いた台詞《せりふ》には、自分でもわかるほど安堵が混じっていた。奏ももう幼《おさな》い子どもではないし、それなりにわきまえているのはわかっているが、友人の言葉があるから余計に「守らなくては」と気を張る。彼女が妙なものに触れようとするとき、どうしても落ち着かなくなるのだ。

店員が現れて、注文の品を置いていった。円形のチョコレートケーキが奏の前に置かれると、彼女の顔がいかにも嬉しそうに綻んだ。彼女の呑気《のんき》な顔は、実際の年齢よりはるかに幼く見える。

彼女の手が、チョコレートケーキへフォークを差し入れたとき、

「そういえば、修二さんって、オカルトでも宗教絡みの超常現象とか千里眼とかには、あまり興味ない感じですか」

「うん?」

意外なことを聞くものだ、と首を傾げる。

「いや、そんなことはないぞ。信仰対象が炎の中から生まれたとか空を自由に飛ぶとかいう宗教団体に取材に行ったこともあるし御船千鶴子《みふねちづこ》の記事は寝食忘れて読みふけったしスターゲイト・プロジェクトなんて学生の頃に初めて聞いたときは聖地巡礼アメリカ旅行も計画して――」

「あっこのケーキすごいおいしい」

質問しておきながら、途中で興味をなくすのはいかがなものか。

「とにかく、守備範囲ではあるぞ。どうしてそんなことを聞くんだ」

「さっき、教祖さんのお話聞いてたとき、あまり興味を持っているように見えなかったので。普段の『うひゃあオカルトおいしい』みたいなオカルトオタク感に欠けていたというか」

「お前が普段、俺をどういう目で見ているのかよくわかったよ」

あからさまに小馬鹿《こばか》にした口調の奏を睨みつける。のち、「宗教も、千里眼も興味の対象だ」と答え、こう付け加えた。

「ただし、その能力が本物ならな」

詐欺だと言い切る確たる証拠があるわけではないが、残念ながら例の教祖の力は、本物であると信じるにはいま一歩信用ならなかった。

それはオカルトに長年接して培われた勘とか、例の教祖がどうだとかいうよりも、恐らくは、神懸り的な能力で運命を見通し、多数の依頼人から信じられ、真の意味で教祖然としている「占い師オリハシ」という人が身近にいるせいだ。

「だから、興味がないわけでも、わからないわけでもないぞ」

「だったらよかった。いつもの通り、例の新興宗教のことに関して、オカルト視点からの説明をお願いしたいです」

「まぁ、いいけど。……ただ、教祖に肩入れするわけじゃないが、あいつ、お前にあんなに語っていたのにな。何一つ届いていなかったってのはどうなんだ」

オカルト思想派の人間として、教祖に対する奏の塩対応にはほんの少し同情を感じてしまうが、奏は動じることなくあっさりと、

「女子大生の見え見えの媚《こ》びにつられて勝手に熱弁する教祖が悪いんじゃないですかね」

「………」

「あっ、左々川さん。こっちこっち」

鏑木を送り届けた左々川がファミレスの入り口に現れたのを見て、奏は大きく手を振った。左々川は応対に出てきた店員に断って、こちらに歩いてくる。

「お待たせしてごめんなさいね。……森重、どうして瞑想《めいそう》なんてしてるの？」

「宗教と男の本能の業の深さについて考えていた」

「嫌だ。何の話か知らないけど、変な気を起こさないでよ」

冤罪《えんざい》だ。しかめ顔を作りながら、左々川は奏の隣に座る。

「いま話してたのは、教祖のことです。さっきのやつを修二さんに説明してもらおうと思って」

「さっきの？　ああ、陰陽道《おんみょうどう》がどうとかっていう話ね。教祖の千里眼の力は、陰陽道を利用しているっていう話」

左々川は、奏よりは先ほどの話を聞いていたらしい。

「陰陽道。左々川さんは、詳しいんですか？」

「ううん、全然。安倍晴明《あべのせいめい》が使うらしいやつ、ってことくらいしか知らないわ」

「陰陽道が何か、って聞かれるとまた……正確な表現が難しいんだけどな」

奏や左々川は修二をオカルトの第一人者のように考えているが、修二だってすべてをつぶさに知っているわけではない。

基本的にその手のものは、人々の習慣やら歴史的背景やら時代の考え方によって生まれ、長い時間曝《さら》されて作られてきたのだからで、どのようなものであれ一口で語れるものではない。だから自分のいいように解釈し、利用しようとする新興宗教やら記者やらもいるわけだ。そして今回もその手のことと見えた——が、それはともかく陰陽道とは。

修二は「上澄みだけを話すけど」と前置きして、ぽつぽつと話し出す。

「陰陽道っていうのは、昔々に中国から伝来して日本で独自発展した技術っていうか文化っていうか、学問っていうか、占いや呪術……そういうものだ。天文学や暦《こよみ》など、そういった学問がもとになっている。また、日本の陰陽道は道教の呪術が混じったり風水の知識が取り入れられたり、あとは密教なんかも途中から合流したんだったか。まあ日本のものらしく、中身はいろんな要素が混じり合ってごっちゃごちゃしている」

「クリスマスツリーの直後に門松出す、日本の百貨店みたいね」

「左々川にしちゃ言い得て妙だな。ただ、それらの下地にはきちんと天文学だとか自然界の記録とかがあって、現実に確かに起こり得たさまざまな現象から吉凶を占ったり呪術としたりする。つまりは、陰陽道の占術や呪術ってのは過去の記録より連なるものである点が多く、まったくの非科学でもないわけだ——が」

が、しかし。

言いよどむ。例の教祖の千里眼やあの宗教の教義やらが科学的かと問われたならば。

「千里眼の正体。教祖は『リューミヤク』により世界を見通すことができるって言ってたわね。あれは？」

「陰陽道曰く、『龍穴《りゅうけつ》』という場所と、『龍脈』という大地の気の流れがあるとされる。大地の気は山脈の最も高い場所『太祖山《たいそざん》』から生まれ出で、龍脈を通り、龍穴に至る。教祖は超感覚で大地の龍脈を感じとることができ、さらにその流れに自身の感覚を乗せることで千里もの先を見ると言った……のは聞いてたか？」

「あ、それは聞いてました」

念のため、奏が話についてきているか確認。フォンダンショコラに構い始めたのは、話に飽きたからではないかと心配したが、一応耳はこちらに向けていたらしい。顔を上げ、こくこく頷く。

「教祖様は地面の力を使って遠くを見るんですねすっごーい、みたいな歓声を上げた記憶がおぼろげに」

「おぼろげ程度にしか覚えてないのか……まぁいい。とにかくやつの能力の源は陰陽道で言うところの『大地の気』である、とそういう理屈らしい。そしてそれを使い不浄を清める神にも近い者が、あの教祖であって、崇めるべき存在なのだとか」

左々川が、ふん、っと鼻で笑った。

「崇めるべき存在が、コンビニの空き物件に、ねぇ」

「言ってやるな」

どうやら左々川は、オリハシの霊視の結果がどうあれ、あの教祖を信用に値しない人物だと判断したようだ。唇を尖らせ「いけ好かないわ」と拗ねたように言う。

「それからあの、『浄財』――消えた札束よね。水槽に何か仕掛けがあるのだろうけど、あれだけの速度で紙を溶かすなら、苛性《かせい》ソーダくらい必要になりそう」

「馬鹿。教祖は生身の手突っ込んでたろ」

紙幣を即座に分解できる強アルカリを皮膚に触れさせたらどうなるか、想像には難くない。

「じゃ、鏡でも仕込んであったのかしら？　反射で見えなくなったとか」

「よくある手品の仕掛けだな。ありえないとは言えないが……」

「いや、それはないですよ」

奏が否定の声を上げる。切り分けたショコラの塊《かたまり》を口に運びながら、

「わたし、あのパフォーマンスの間ずっと教祖の手を見てましたけど、水槽の中と外で奇妙な歪み方はしていませんでした」

教祖を見ていた。——その言葉で、思い出すことがある。

「そういえば奏、お前、教祖が出てきたとき変な声上げてたな。あれ、なんだったんだ」

「え？　ああ」

「奏ちゃん、じつは知り合いだったとか？」

「いえ、初対面です。大した話ではないので、いずれ必要なら、おいおい」

思い当たることはあるがいまのところは大事な要素ではない、ということか。湯気の上るカップを両手で包み、「それよりも」と呟く。

「もう少し、証言が取りたいですね」

「証言？」

「ええ。教祖の力に関して」

続けて早口で「姉が詳しい霊視を行うための情報として、です」と付け加えたのは、隣の左々川を気にしてのことだろう。

「そうね……鏑木さんに連絡を取りましょうか？　さっき別れたばかりだから、いまから

また来てくれるかはちょっと、わからないけど」

「そういえばあんた、どこであの女と知り合ったんだ」

「別の案件でちょっとね」

深くは話せないらしい。唇に人さし指を当てたので、それ以上聞いても意味がないと判断。

「どうする？　奏」

「そうですね。案内人さんに伺ってもいいかな、とは思うんですが――」

問われた奏は、フォークを置いて身を捻り、横を向く。壁際に置いた鞄の中に手を入れた。そして、

「もうお一方、コネを作りましたので」

せっかくですし活用しましょう、とスマートフォンをゆらゆら振った。


血縁があるからもちろんなのだが、折橋姉妹の雰囲気はよく似ている。

もともとある愛らしさに、ミステリアスさとコケティッシュな雰囲気を備えたのが姉、明るさを備えたのが妹、という印象だ。占い師オリハシとしてメディアによく顔を出す姉はもとより、一般の大学生に過ぎない奏も、男性からアプローチを受けることは少なくな

いらしい。身内のひいき目ではなく、どちらも人気がある。

だから、その奏と連絡先を交換した誰かが、奏から「家に行ってみたい」と連絡を貰い、二つ返事で会うことをOKしてよからぬことを考え舞い上がるのも、鳴ったインターホンにうきうき気分で玄関のドアを開けるのも——

「どうも、記者の森重といいます。本日はお話を聞かせていただけるということで」

「あ、ああ……はい。どうも」

ドアを開けた先に男が立っていて明らかにテンションが落ちる気持ちも、まったく予想できないではなかった。

奏が連絡を取ったのは、例の施設に居合わせた満倉という男。最初は奏が「自分一人の方が警戒心を持たれず話を聞けるのでは」と言ったがそれは断じて許可できなかった。基本的には修二が壁となり話を進めることを条件にするとまた「やきもちですか?」といかにも嬉しそうにしたので、「なんでもいいから条件を呑め」と答えたところ目に見えて不機嫌そうになったがそれはさておき、訪問だ。

学生用の、かろうじてチェーンロックがある木造の安アパート。その二階の一部屋が、満倉の家だった。スピーカーもない、音が鳴るだけの古いインターホンのボタンを押せば、ばたばたと彼は出てきた。——その笑顔がみるみる曇ったのは、前述の通りである。

名刺を満倉氏へ押しつけつつ、「お邪魔します」と笑顔を向ける。そうしていると後ろから、奏がひょっこりと顔を出した。

「ありがとうございます、満倉さん。兄がどうしても、あなたにお話を伺いたいと言っていて」

「いや、ええ、うん。でも、その……」

「失礼。うちの妹が、何か?」

「いえ……あの、あ、上がってください」

満倉へ笑顔で牽制すると、口ごもりながらも彼は二人を招き入れた。期待を裏切り申し訳ない、と心の中で謝罪しながら訪問の挨拶を返す。

奏が洒落た編み上げのブーツをもたもたと脱いでいるのを待ちがてら、室内をざっと観察。三和土《たたき》は五十センチ四方ほどで、続く廊下も狭いが、学生用アパートであれば珍しくはない。上がってすぐの右手側に、ドアがあった。

廊下の左手側には靴箱、壁のフックに掛かったピンシリンダー錠は玄関のものか。今どき職場のキャビネットですらピンシリンダーは使われていないというのに。オブラートに包んだ物言いをすれば古風なものだ。収納スペースと、これまた一枚のドアがあり、その隣には調理用コンロ――狭いキッチンだが綺麗に使われていて、五徳に焦《こ》げつきはない。

調味料類がところ狭しと並んでいるあたり、料理の習慣がないわけでもないようだった。

廊下の先にガラスの引き戸があって、満倉がそれに手を掛けている。

「こちらへどうぞ。いま、お茶を淹れますので」

「ああ、お気遣いなく。すぐに失礼します」

話を聞くのなら、広い部屋でとなるのは自然なことだ。修二は礼を告げて、そちらに足を向けようとした――

ところが。奏は、ようやっとブーツを脱ぎ捨てるや否や、

「失礼します。こちらが『不浄』のありかですね？」

家主の許しも得ず、右側にあるドアノブを握った。

あっ、と声を上げる間もなく引いて開けると、そこには確かに洗面所がある。水道の蛇口と洗面台、鏡は汚れの一つもなく清潔に保たれており、洗面台下の収納を開けると、

「……なるほど？」

丁寧に折り畳まれたフェイスタオルが積まれているのを見て、何に納得したのか奏が呟いた。

フェイスタオルの山をそっと持ち上げると、一番下に白いタオルハンカチ。それに包まれるようにして、預金通帳が一冊――表紙には確かに満倉の名前が入っている。ここを隠

しどころにしているということか。そして、

「満倉さん。あなたが教祖に『不浄』と呼ばれたのはこれですね」

「あ、は、はい。だ、だけど君」

「はい？」

「どうしてここが、洗面所だって……？」

驚く満倉に、奏はきょとん、と目を丸くした。わからないのか、とでも言いたそうな表情。何かを言いかけて――

しかしやめた。一拍置いて、にこりと笑う。

「姉が教えてくれまして」

「姉？」

満倉は眉根を寄せたあと、はっと修二を見た。――妙な勘違いをされている気がする。

「俺じゃない、俺じゃない」

「あ、ああ、なんだ」

「姉は占い師をしているんです。オリハシという芸名なのですが、ご存じではない？」

「オリハシ……って、あの、よく当たるっていう？」

「ええ。今回は兄が取材をしたいというのが第一なのですが、姉も名永教の教祖さんの力

に興味があって、ぜひ勉強したいと言っていまして。満倉さんの『不浄』がどうやら洗面所にあるらしいということを姉に伝えたら『では、玄関を入ってすぐ、右手にあるドアを開けなさい』と答えたんです」

「ああ、そうでしたか。……お姉さんも、教祖様と同じように強いお力の持ち主なんですね」

「自慢の姉です」

ほう、とため息をつく満倉――奏のいかにも適当な発言を、彼は信用したようだった。

話に区切りがついて、「確認が終わったらこちらにどうぞ」と、満倉が先に洗面所を出る。その背を眺めていると、奏が修二の肩に手を置いて背伸びをした。耳元に口を近づけて、

「こういう方を『敬虔《けいけん》』って言うんですかね」

「『騙《だま》されやすい』だろ」

あるいは「警戒心が足りない」か。

洗面所の奥に磨《す》りガラスのドアがあったが、こちらは浴室だった。覗くも、一般的な浴室と何か違うところは見受けられない。奏も興味のあるものはなかったようで、すぐに閉めた。

奥の部屋は八畳の和室だった。日に焼けた畳敷きの中央に、五十センチ四方ほどのちゃぶ台が置いてある。茶を淹れようとするのを「本当にいいから」と固辞して、何もないちゃぶ台を囲んで三人が座った。

どこから話し始めるべきか、と悩む必要はなかった。奏が「さて、お伺いしたいのですけれど」と早々に切り出してくれたからだ。

「満倉さんは、どうして名永教に?」

「そうだねえ……運命の巡り合わせ、とでも言ったらいいのかな。まるで引き寄せられるように――」

「あ、そういうのいいんで」

信心深い人や熱心な信者であれば、その運命的なエピソードを喜んで聞くのだろうが、残念ながら質問者はこの奏である。思い出を上塗りした情報はいらない、とすっぱり切り捨てられ押し黙った満倉へ、彼女は念を押すようにこう言った。

「客観的な事実だけをお願いします」

「……一ヵ月ほど前のことかな」

同情しそうになるが、きっとほぼ初対面の男に同情されても嬉しくはないだろう。せめて黙って彼の話を聞くことが慰めになればと、修二も耳を傾ける。

「その頃、学校やバイトが終わって自宅に帰ってきても、妙に落ち着かない日があったんだ。勉強も、それなりに順調で。もう上京して五年になるから、ホームシックなんてわけでもなかった。ただ、どうしても落ち着けなかったんだ」

「落ち着けない。その原因は？」

「それがわかったら苦労はしなかったよ。家に帰るたび、その感覚に悩まされて、そのうちに『家の中に何かがあるんじゃないか』と思い始めた。そう思い始めたらたまらなくなって、なかなか家に帰れなくなって――」

「そのときに、名永教に誘われたと？」

奏の質問に、満倉は首を縦に振った。

「……朝、早くに学校に行って、近所のカフェでできるだけ時間を潰して、家に帰る。そういう生活をしていたときに、カフェで鏑木さんと知り合った」

鏑木。左々川の知人であるという彼女。面識がある人の名前が出てきたせいか、正座する奏の背が伸びた。

「彼女は、どのようなことを？」

「不浄、というもののことを教えてくれたよ。悪いもので、人の身近に巣くい、人を惑わすもの。教祖様は龍脈を使い大地の気の流れを調整し、それを鎮めてくれる、と話してくれた」

「それで、教祖に会いに行ったのですか」

「もちろん、最初は半信半疑……いや、疑い八割だったけどね。でも、この違和感にいい加減うんざりしていたから、直るならなんでもいいと思ってた。——だけど、教祖様のところに行ったその日から、本当に！　違和感はぴたりとなくなったんだ」

満倉が教祖のもとを訪れた日、教祖は彼に何かをした。——何を？　彼はうきうきと弾んだ声で、その答えを続ける。

「教祖様はそのお力で、僕の家のあたりに流れる大地の気を一時的に調整してくださったらしい。聞いたかい？　彼は陰陽道の龍脈を意のままに操れるんだそうだ」

「ああ、はい」

素敵な能力ですね、と答える奏の声にはまったくその気がない。しかし満倉は信仰しているものをよく言われたことが喜ばしいようで、大きく頷いた。

「満倉さんが名永教に入教したのはいつですか？」

「初めて教祖様のところに行ったその翌日だね。この力は本物だ、と思ったんだ」

ふうんそうですか、と冷めたように相槌を打つ。次いで彼女は、修二を見た。

「修二さ……兄さんから何か、聞きたいことはある？」

わたしは飽きました、とその顔に書いてある。ここで甘味でも出してやったらあともうしばらく辛抱したろうが、その用意があるか不明だし、そもそも茶は断ってしまった。出てくることはないだろう。

他に聞くことは何かあるだろうか？　絞り出し、思いついたのは一つだけだった。

「……浄財について、君はどう思う？」

「聖水を用いて財を浄化する、というあれですね」

水槽に満たされたあの水を、満倉は聖水と呼んだ。

「僕は話を聞いたことがあるだけで、実際に見たことはないんですが。――お二人は？」

「君が帰ったあと、見せてもらったよ。君は、あの通帳の中身をやってもらうつもりかい？」

これだけよく思っているのだし、転げるようにして帰っていった彼のことだ。きっとそう決めているのだろうと半ば確信しつつ尋ねる。

だが、その問いを受けて、信仰を喜んで話していた彼の表情に初めて陰りが見えた。眉根がほんの少し寄るだけの陰りではあったけれど。

しばらく黙って、「そうするべきなのだと思います」と笑ったが、まるで自分に言い聞かせているようでもあった。

腕時計を見る。いつの間にか時刻は四時を回っていた。

「俺からは他にない。ありがとう」

「いえ。どういたしまして」

ここらで退散か、と思いながら奏を見ると、彼女は姿勢を正したまま、手を重ね腿《もも》の上に置いたままで、向かいに座る彼を真っ直ぐに見ていた。

先ほどの気のない様子からはめっきり変化している。何か気がかりなことができたのか、それとも何か思いついたのか。修二が彼女に声をかけようとしたとき、

「満倉さん」

奏が、落ち着いた声で名を呼んだ。

若干、低めの声。二人の視線を集めた奏は、にこりと笑った。

「姉から満倉さんへ、言伝《ことづて》がございます」

それは。

視線に気づいているだろうに、奏は修二を見ない。しかしそれは無視しているのではなく、見ないことこそが「黙っていてくださいね」というサインなのだと受け取った。

怪訝そうに、満倉が彼女の言葉を繰り返す。

「言伝?」

「ええ。――姉の見立てでは、あなたの通帳と、そこに収められた財に、教祖が言うところの『浄財』を行う必要はない、とのことです」

西日の当たる奏の頬には、笑みこそ浮かんでいるものの、いつもの彼女からすると控えめで心持ちはまったく読み取れない。姉によく似た雰囲気を作った彼女はいま、「代役」としての仕事を始めたのだ。

占い師オリハシの名を借りた奏が、推測から作り出した占い結果を淡々と告げる。彼の不浄と認められたものについて。

教祖が浄化せよと言ったものについて、奏の意見はそうでなかった。なぜならば、

「そちらの通帳には、ご実家からの仕送りが収められていると聞きました。教祖は重要視していらっしゃらないようですが、家族があなたのために送ったという、恩の結晶のようなその財を他人に任せるということ自体、さらなる穢れを生みかねない」

目を丸くしてまじまじと奏を見る満倉は背を丸め、首は前に突き出されている。

なるほど、満倉はその言葉を誰かに求めていたのだと、遅ればせながら気づいた。

教祖が彼に差し出すよう言ったのは、彼の両親からの仕送りだった。それは、いわば彼の両親から、離れた彼のことを思って送られた大事な資金だ。それを「不浄」「穢れている」などと称され納得できる人間はそうそうおるまい。先ほどの、彼の顔に見えた陰りを

思い出す。

奏は、その金を不浄と呼ばれることを完全には受け入れられず、かといって「教祖様」の言葉を嘘だと切り捨てることもできずにいた彼に、占い師オリハシの言伝という第三の選択肢を示してみせたのだった。

「……いいのかい？」

「と、姉は確かに申しておりました」

躊躇いから出た念押しに、涼しい顔で告げた。

「通帳の隠し場所を替え、厳重に鍵《かぎ》を掛け、鍵と通帳に、塩を一つまみかけておきなさい。また、その塩に異変があればオリハシに連絡をお願いします。祓うものがあるとしても、それで充分です」

そして奏はにこりと笑う。

目を細め、姉に似せた雰囲気で。

アパートに駐車場はなく、近くの時間貸しを借りた。四十分二百円は都内にしては安い方だと精算機に百円玉を四枚放り込んだ。

運転席に乗り込むと、助手席の奏が半額を差し出してきた。「お姉に請求するので、大丈夫ですよ」と言うがそういう問題でもない。断り、小銭を作るために自販機で買った缶コーヒーもついでに押しつけた。

「駐車料金はいいから教えてくれ。あの『占い』はどういうことだ？」

あるいはそれを解説代にしてくれと言って、財布に小銭をしまわせる。不承不承といった様子で缶コーヒーを受け取った奏は、人さし指をプルタブに引っかけた。

「説明の前に、ちょっと教えてほしいことがあるんですけど」

「うん？　陰陽道のことか？　いいぞ、まずは半日ばかり資料を――」

「いや、あれはどうでもいいです」

「……そうか」

チャンスかと思ったのだけれど。

「陰陽道がまったくの非科学的なオカルトでないっていう説明をいただいておいて、申し訳ないんですが。ただ、今回の教祖の能力に関係あるかっていうと、まぁ、今回もお察し案件ではないかなぁとわたしは推測しました」

「予想はしてたよ」

趣味と実益の充足は、早々に諦めることとする。

「じゃ、聞きたいことっていうのはなんだ」

「はい。――『お布施』ってどうして詐欺罪にならないんですか？」

プルタブが指から滑ってカチ、カチと音が鳴る。三度目でようやく口が開いた。

「わたしたちも、お父さんとお母さんのお弔《とむら》いのときは、お寺さんにお布施払ったりしますけど……でも、正直、神様とか仏様って『いない』じゃないですか。ナントカ時代の人ならまだしも、この現代、幽霊とか神様仏様なんて、心から信じている人は、ほとんどいないと思うんですすけど。それが罪にならない理由って何なんでしょう？」

「なるぞ」

即答。これはオカルトの領分なのだろうか、と疑問に思いつつ、知識としては持っていた。

「霊感商法って聞いたことないか。祟りがあるからこの壺《つぼ》買ってくれとか、悪霊が憑いてるから祓うために馬鹿高い祈禱《きとう》料をよこせとかいう類のもの」

「『森重修二の画数は大凶ですが名字を折橋に変えると超大吉になります』とかも？」

「真面目に聞く気ある？」

「あります」

睨みつけると姿勢を正してこくこく頷いたので、今回は見逃すことにする。

「霊感商法。『このままではあなたは不幸になる』だの『祟られる』だの言って脅せばもちろん恐喝になるし、それが明らかに金銭を詐取するものであったのなら詐欺にもなる」

「だけど、お寺さんとかは」

「まぁ、最後まで聞け。霊感商法には恐喝罪、詐欺罪が適用される。そこに、ただし、が続く。――ただし『社会通念上許される範囲の金額の寄付』は許されているから、供養なんかに使われる、ある程度の布施は犯罪に当たらない」

「その『ある程度』ってどのくらいですか？」

「そりゃもうケースバイケースだな。金額の多寡、手口の悪質性もあるだろう。宗教法人法に照らして考えるか、過去の判例を浚うしかない。ついでに日本には信教の自由もあるから、どの宗派なら認められるがどの宗派は駄目、なんていうこともない」

答えると、奏は「そうですか」と短く言った。

抑揚の乏《とぼ》しい、落ち着いた声。どういう思いを抱いて頷いたのかその声からでは読み取れない。横目で奏を盗み見ると、彼女は落ちてきた髪を右手で掬って耳にかけていた。

指の間から覗く、奏の横顔。誰かを思わせるその面立ちに、思ったのは名永教の教祖のことだった。

超能力を扱えると謳《うた》い、実際に目の前で金を消すトリックを見せたあの男。しかし、自他ともに認めるオカルトオタクの自分が、彼の存在に一切興味をそそられなかった。

なぜか。それは修二が、真に大衆を惹きつける力を持つ人を知っているからだ。

わざとらしい振る舞いや小道具など必要とせず、ただ視線の一つを向けるだけで場の空気を操る。短い言葉が、声が、小さな仕草が大衆を注目させる。たとえそこがコンビニの居抜き物件だろうと、もしあの水槽の前、壇上《だんじょう》に立ったのが我が友人だったなら、その光景はどんなにか――

「先ほどのわたしの『占い』が、どういうことか」

想像を遮るように声がして、修二は我に返った。

いつの間にか奏の首がこちらを向いていて、心臓が跳ねる。

「これは簡単なことで、教祖の能力が超常現象によるものではないと結論づけられたので、被害を未然に防ぐため、占い師らしいオブラートに包んで助言しただけのことです。単なるいつもの『代役』ですね」

「結論づけられた……つまり」

「ええ」

修二が無駄な想像をしている間にも、奏の頭の中には答えが出揃っている。

奏は「こちらの代金は左々川さんの支払いにつけておきましょう」と本気か冗談かわからないことを言い、助手席から身を乗り出す。

そして何もかもを見透かしたような黒い瞳と、姉によく似た雰囲気で、こう言った。

「それでは、占い結果の推測をば」


占い師オリハシに齎された、左々川からの依頼。

新興宗教施設にて、教祖を名乗る不審な男が信者の一人に使った、「千里眼」の仕組みとはいかなるものか。また、教祖が穢れた財産を浄化するという「浄財」とは、どのような仕掛けのものであるのか。

「まずわたしは、教祖が満倉氏に対して行った発言がまぐれ当たりではないことを確認したいと思いました」

「家に不浄の帳面がある、ってやつか」

「ええ。そのために、わたしは満倉さんの家に入る前、修二さんが名刺を渡している最中にスマホのコンパスで方角を調べておいて、中を覗いて東に当たる方を見ました。そこにはドアがあり、そこを開けると確かに洗面所があった」

満倉は奏が入って早々にその場所を見つけたことに驚いていたが、種を明かせばどうということはない。東がどちらかを調べていたというだけの話だ。そしてそれが当たったということは、

「教祖が『なんらかの方法で』満倉さん宅の間取りを知っていたことは明白でした」

「知っていたのは、間取りだけじゃないだろう」

「そうですね」

貴重品のありかも知っていた。さてそれはなぜか？

奏が人さし指を立てた。

「方法その一。陰陽道の龍脈を使い、千里眼の能力を発揮して、彼の部屋を覗き見した」

それを信じるとするならば、あの教祖の力と宗教は、修二の追い求める「本物のオカルト」であるということだ。しかしそんなことを、この奏が結論として語るだろうか？

眉根を寄せて横目で見ると、奏は「あるいは」と言った。続けられた可能性は、先のものよりはまったく奏らしいもののように思えた。

「教祖本人もしくはその協力者が、満倉さんの家に事前に調査に入っていた。それはセールスのようなかたちではなく、彼の近しい身内か、もしくは空き巣のような不法侵入によって」

「セールスでないというのは？」

「あの通帳を見つけるためには、室内を丁寧に物色する必要があるからです。通帳を保管する場所として一般的なのは、金庫やクロゼットの中、非常持出袋の中などが挙げられますが、あの家は『洗面台の下のタオルの中』というなかなか珍しい場所になっていました。あの家を訪れて、即座に通帳のありかを見抜くことができる人はそういませんよ」

つまり教祖の目となる人物は、あの一室を隅々《すみずみ》まで調べることが必要だったということだ。学生である彼は、通学やアルバイトで家を空けることは少なくない。

「となれば教祖の協力者は彼の身内か、空き巣か。身内に信者がいるという話は聞かなかったが、彼が知らなかっただけだという可能性は捨てきれないな」

「その点はいったん保留にしましょう。ともあれ、いずれかの方法によって教祖は彼の身辺、彼の家の間取りと貴重品の場所を知った。――さて、一方その頃、満倉さんは妙な違和感に悩まされることになります。これを彼は、不浄ゆえの違和感と解釈していましたが、実際には何者かによる侵入を無意識下で感じ取っていたのでしょうね。きっちりと畳んで収められたタオル、よく磨《みが》かれた鏡、綺麗に片づけられたコンロ。几帳面《きちょうめん》な性格をしている彼が、痕跡に感づくのは自然だった」

「部屋が片づいていたのは、人が来るからじゃないのか」

満倉は来客を喜んでいた節がある。自分の印象をよくするための悪あがきだったかもしれない。そう伝えると、奏は首を傾げた。

「あの部屋のコンロと鏡はそれで説明をつけることもできますが、洗面台下のタオルをすべて、角を合わせるようにしてきっちり畳むことは、付け焼刃では無理だと思いますよ。あの部屋の様子は、彼の本来の性格から来るものです」

同じく男性の一人暮らしである、自分の部屋を思い浮かべる。仕事のために積んだ書籍や資料、衣替えに手が回らず押し入れに重なった夏服と冬服。確かに、急な来客のため急いで家を整えるのなら、散らかったものを空いたスペースへ突っ込んでおくのがせいぜいだ。ともすればクロゼットの扉からシャツの裾が飛び出しているやもわからない。

「……塩をかけておけ、と言ったのは」

「浄化の技としてそれっぽいかな、と思ったというのと、今後誰かが持ち去ろうとしたならすぐにわかるという理由です。……さて、そうして情緒不安定になっていった家主を、教祖らは取り込むことにした。どうやってか、はもう本人が語っていましたね」

近所のカフェでできるだけ時間を潰して、家に帰る。そういう生活をしていたときに、カフェで――

「鏑木との出会いは、教祖の指示によるものだったのか」

「あくまで推測です。ただ、そうであるとすれば『浄財』の仕組みも見えてきます。紙幣が消えるトリックに使われたものは、水槽と聖水と呼ばれた水ですが、水槽や水に何かの手が加えられたようには見受けられない。その場合、鏑木が教祖とグルであったなら、札束の方になんらかの仕掛けをすることができます。たとえば——こんな」

　奏は自分の財布から紙幣二枚を取り出した。一万円札ではなく千円札だったのが学生らしい。千円札二枚でスマートフォンを挟み、例の札束を模《も》す。

「二百万円の札束のうち、札束の上下とあと数枚を残し、他の紙幣をすべて水溶紙で作った偽札に替える。偽札といっても、紙幣と同じサイズにカットし重ねておくだけでも人の目は誤魔化せるでしょう。何せ、あのとき室内は薄暗く保たれていましたから」

「水がやや濁っていたのも、水の中で溶けていく紙幣が本物でないことを悟らせないようにするためか」

　修二が正しく理解したことに満足したか、奏は嬉しそうに頷いた。

「これで『どのようにして紙幣を消したか』の謎は解けましたね。そして、少し戻って『満倉氏の家の間取りを調べたのはどのような人物だったか』。もしも満倉氏の身内に教祖の手の者がいたのなら、わざわざ鏑木氏がカフェで勧誘などしなくとも、もっと自然な誘導ができたはずです。このことから満倉氏の室内は空き巣のような手口で侵入されたと推測できます」

　あの家の鍵はピンシリンダー錠だった。開錠の道具と多少の知識があれば、開けるのは難しくないことだろう。

「それなら空き巣らしく、そのまま通帳と印鑑を盗んでいったらよかったんじゃないか？そうしなかったのは」

「理由の一つとしては、先ほど修二さんがおっしゃった『布施として本人自らに供出させることで、罪として立件することを難しくする』というところでしょうか。もう一つ考え得るところは、宗教団体としての規模の拡大。金銭を得るという目的の他、仕入れた情報をさも自分の能力であるように公開してみせれば、自分の力の広告となり、信者を増やすことにも使えますし」

ふと、左々川のことを思い出した。この団体の動向を追っている彼女が、占い師オリハシを頼ってきたこと。仮にも警察官である彼女が気にかけるのだから、「ただの」新興宗教団体ではないのかもしれない。

そんなことを考えたとき、奏が大きくため息をついた。頰に手を当て、首をうつむかせ、「けど」と悩ましげな様子。

「いまわたしが話したことには、どれも証拠がありません。空き巣行為をしていたというのだって、想像の範囲を出ません」

「何を企んでいるのかを推測することまでは、左々川の、占い師オリハシに対する依頼内容には含まれていなかった。お前の仕事じゃないはずだ」

未練があるのはわかるが、左々川の依頼は「教祖の行った宗教的行動が本当に超常現象のそれであるかを霊視すること」だけだ。教祖が犯罪者であるかどうか、警察権を行使するか否かは左々川の仕事で、我々には一切の関係がない。それに、

「お前に危ないことをさせるわけにはいかない」

犯罪の証拠を摑もうというのなら、こちらも相応の覚悟をしなくてはならない。占い師の「代役」として依頼者の運勢の推測や、ペテンを見抜くためにあれこれ頭を巡らす程度ならまだしも、身に危険の及ぶ可能性すらあるような行為を奏にさせられるわけがなかった。「わかったな」と念を押すように尋ねるも――

返事がない。

「……奏？」

「修二さん――」

自分の意見が通らずふてくされているのか、それとも。

窺うと、奏は再び助手席から身を乗り出してこちらを見ていた。

「いまのとてもかっこよかったのでもう一回言ってもらっていいですか」

「真面目に聞けって言うのに」

これ以上構っていられない。目を輝かせつつ「どきどきしちゃいました」だの「録音さ

せてください」だのと妄言を吐き散らす奏の肩を摑んで助手席へ押しやり、車を出そうとエンジンのキースイッチに手を伸ばす——が、ロック装置はすでに再作動している時間だ。

話などしていないでさっさと発車させるべきだった。再度の精算に向かうためドアに手を掛けたとき、

「修二さん」

「……何」

再度名を呼ばれた。

振り返って助手席を見れば、彼女は腰に手を当て、胸を張っている。

「わたしだって、好きな人に優しくされたら、いいとこ見せたくなっちゃうんですよ」

「だからな——」

「ご安心ください」

危険なことはさせられない、と繰り返し言いかけるも遮られる。

奏は自信満々に頷いて、鞄の中に手を入れた。

「すでに罠《わな》は張ってあるのです」

そして取り出したものは、見覚えのある紙一枚。

翌日、昼近く。

住居侵入の罪で男性警察官二人に両脇《りょうわき》を押さえられ、左々川とともにあるアパートから出てきたのは、教団本部で水槽を運んでいた男だった。修二の車の助手席にて、開けた窓に手を掛けて一団を眺める奏は、自分の張った「罠」が見事に作動したことで上機嫌だ。

「教祖の力をすっかりそれと信じ込んだ、いかにも世間知らずそうな女の子の住所が手に入ったら、そりゃ狙《ねら》うでしょうね。訪れた翌日ってのは、また気の早いことですが」

「待つ手間が省けてよかったじゃないか」

奏が罠として使ったものは「入信届」。内容のほとんどの項目をでたらめで埋めたそれだったけれど、奏は、住所だけは実在の場所を書いていた。「千里眼」の下調べのため、いずれ訪れるだろうと踏んだのだ。

同時に左々川に「占い師オリハシは霊視によって教祖のペテンを見抜き、さらに、次の被害者のことを予言した」と伝え、書いた住所に左々川の手駒《てごま》である警察官を待機させる。そんなこととはつゆ知らず、のこのこ訪れ、こちらの目論見《もくろみ》通りに鍵を開けて侵入した男を現行犯で捕まえさせたのだった。

肩を落とす男の姿を車の中で見ながら、「カナちゃんの演技力もなかなかのものですね」と鼻歌すら歌い出しそうな奏だが、修二はそうでもない。

「もしかして修二さん、ごきげんななめです？」

「そんなことはないぞ。不審者を公権力に引き渡すことができて万々歳だ」

上目遣いで窺う奏に、なるべく穏《おだ》やかな声を作って否定をした。無論、犯罪の摘発に協力できたのは喜ばしいことだ。

――ただ一つ腹立たしい点があるとすれば、

「俺の家を囮《おとり》に使ったことくらいだな」

「えへ」

誤魔化すように笑った奏を、修二は横目で睨んだ。

奏が入信届に「自宅」として書いたのは、折橋家ではなく修二の住むアパートだった。満倉の学生アパートに毛の生《は》えた程度の防犯設備しかなく、過去にも空き巣に狙われたことのあるこの家は、彼らにとってもいい「餌」に見えたことだろう。と、理屈ではわかっていても文句を言いたくなるのは致し方ないことだ。

それなりに長いこと住んでいる自宅だが、夜中の取材による出入りからくる騒音、怪しい物品――仕事の資料だが――の持ち運び、折橋姉妹関係のトラブルなどから、大家にはあまり好かれていない。

警察沙汰《ざた》ということで、こちらに非はないとしてもまた文句を言われるのだろう。それを思えば、自然とため息が漏れた。

「いい加減、引っ越しするか」

「うち、お部屋余ってますよ！」

「御免被る」

「同居が嫌なら同棲《どうせい》ではいかがでしょうか！」

ますます遠慮申し上げる。

奏の自宅プレゼンを聞き流しながら、左々川を見た。仕事中だからか笑顔は向けないまでも、小さくこちらに手を振って感謝を示している。左々川が望んだ以上の「占い」によって、彼女の望みは叶えられた。あとは芋づる式に、教祖と名永教の関係者のやったことも暴かれていくはずだ。

「そういえばお前、教祖が出てきたとき、何か気にしていただろう。あれ、何だったんだ？」

「ああ。あれは別にたいしたことじゃないです」

不機嫌そうに唇を尖らせた。

「衣装が被ってるんですよ、わたしと」

「……ああ」

　どこのメーカーのものかわからないが、教祖の着ていたローブが、いつも奏が「代役」のときに纏っている着る毛布と同じものだったということか。いかさま宗教の教祖が着ているものが自分と揃いであったなら、確かに気分はよくないだろう。

「まあ、でも今回も無事に『代役』の仕事は済んだな」

「力になれてよかったです。左々川さんはお支払いもよく弾んでくださいますし――あれ？」

　そのとき。

　奏の手元でスマートフォンが、ポコポコ、と通知音を発した。それを見て、不思議そうにする。

「どうした？」

「メーラーの調子が悪いのかな。たったいま、左々川さんからの依頼メールが届きました」

　ほら、と向けられた画面には、占い師オリハシの仕事用メールボックスが表示されていた。メールの内容は確かに、今回の霊視に関する依頼が記されている。そういえば左々川は、返事がないから直接訪ねてきたと言っていた……

「あとでプロバイダに文句言っておけよ。左々川の依頼だったからいいけど、他の依頼者とのやりとりで齟齬があったら堪《たま》らないだろ」

「確かに。お姉がいなくなってからわたしが管理してますけど、依頼のメールも少ないような気がするんですよね……気のせいかな。早く帰ってきて、確認してほしいんだけど」

姉の不在を思い出した奏は、「どこに行っているんだか」と、やや怒り気味、やや湿っぽい様子でむくれた。

「まったく、心配かけさせて」

「帰ってきたらとっちめてやろうな」

奏の心をなるべく刺激しないように、なんでもない風を装って告げた。姉妹にとって「姉の友人」に過ぎない自分の励ましが、さて、どれだけの力になるものか。そうですね、と答えながらもその笑い方には多少の陰りがある――

そのとき、コン、と音がした。運転席の窓を叩かれたのだ。

見ると、車の真横に左々川が立っている。あたりに他の警察官とパトカーの姿はすでにない。パワーウインドウを降ろした。

「仲間に置いて行かれてんのか。バーカバーカ」

「……聞きたいことがあるの」

修二の煽り文句に一瞬だけ表情を引きつらせたが、喧嘩を買うことはしなかった。落ち着いた声音が、真面目な話をしたいのだということを表している。

顎を前後に振ることで「聞いてやるから早く言え」という答えに代える。「オリハシ先生のことだけど」と言った。

「彼女、いま、どちらで何をしていらっしゃるの？」

「どうしてだ」

言葉選びを間違えたことはすぐ自覚した。即答しないということは何か裏があると言っているのと同義だ。そしてそれに気づけないほど左々川は鈍感ではない。「さっきね」と、声が固くなる。

「男が『あれは本当にオリハシなのか』って言ったのよ」

「あ？」

「昨日行った名永教の施設、あるでしょう。あの暗がりで見た奏ちゃんを、彼ら、オリハシ先生と見間違えたらしいの。それで、書類の住所を調べにきたらしいのよ。あれは本当に、オリハシ先生だったのかどうかって」

そういえば。あの暗がりで向けられた、水槽を運んできた男の視線を思い出す。

折橋姉妹は、雰囲気も背格好も似ているので、見間違えてもおかしくはない。修二の家への侵入は新たな信者の身辺調査というわけではなかったのか。

とはいえ、不法侵入は不法侵入だ。裁きを受けてもらうことに変わりはない――いや、問題はそこではない。

「どうして彼らは、お姉を気にしているの？」

左腿に重みを感じて向くと、奏が身を乗り出していた。修二の足に手を置いて、左々川を見上げている。笑わない、表情のない顔。

「答えなかったわ。わたしも、奏ちゃんがどこの誰であるかを教えなかった。……でもね、彼、不思議なことを言っていたの」

左々川は続けることを、躊躇ったように見えた。奏にそれを聞かせていいのか、迷っているようだった。

修二は不吉な予感とともに、先日の折橋家での会話を思い出す。

折橋が集団で犯罪行為を行いたいと考えたとき、既存の団体と手を組む必要はないだろう。もし人海戦術が必要なのであれば、自分の信者で集団を作れる。さらに言えば、彼女は、見え透いた悪事に手を貸すような人間でもない。

ただし。

「『占い師オリハシが、どうしてこんなところにいる』、って」

――監禁や、脅迫により。

協力せざるを得ない状況に置かれているのなら、話は別だ。

第四章

失踪者と吉方位

姉、いまだ帰らず。どころか妙な集団との、怪しげな関係性すら見えてくる。

自宅のリビングにて愛猫ダイズからおやつの催促を執拗《しつよう》に受けながら、奏はスマートフォンを操作していた。何度か姉にメールを送るもやはり返事はなく、電話をかけてもつながらない。どこにいるのかくらい教えてくれてもよかろうに。

左々川に事情を話したところ、「何かあれば連絡する」と言ってくれた。どうにかしなくてはならないという思いもあるが、奏からできるとしたらこのくらいだ。修二は「あまり気にするな」と奏には言っているものの、あの一件以来、あれほど疎んじている左々川と連絡先を交換してやりとりしているらしいことからも、姉の安否を気にしていることはよくわかった。

――そろそろ、動かなくてはならないか。

六月二十日、時刻は午前九時三十分。

騒がしいダイズにササミを一切れあげて、代役業に赴くこととする。

「失踪した恋人の行き先を占ってほしい」

姉の失踪に関し暗雲が垂れ込めるところにそんな依頼が届くとは、さすがの奏も妙な因《いん》縁《ねん》を感じそうになる。

ディスプレイに映し出された依頼人は、奏より少し年上に見える女性だった。ただ、縁の太い眼鏡と長めの前髪は年齢をわかりにくくさせている。メールの文章は礼儀正しく整っていたが、年齢が察せられるような要素はなかった。

手芸屋で買った合皮の端切《はぎ》れを机の上に無造作に並べ、深々と頭を下げる。羽織ったローブの袖をぶわりと大きく振って存在感を示してから、

「こんにちは——星の巡りに導かれし迷える子羊よ。わたくしが、占い師のオリハシでございます。改めて、ご依頼内容をお聞かせ願えますか」

メールの書き出しが「はじめまして」となっていたから、占い師オリハシに依頼をするのは一度目なのだろう。彼女は自分の名前を「志崎優子《しざきゆうこ》」と名乗り、職業を「会社員」だと言った。

「コウちゃんの……婚約者の、諸山《もろやま》の行方を捜してほしいと、思っています」

絞り出すような声音だった。

奏は懐から革の袋を取り出すと、中からおはじきをつまみ出した。一つ一つ、さも手順があるかのように丁寧にテーブルに置きながら「続けてください」と伝える。先日コーヒーを零《こぼ》して跡になったところには、一つ赤いおはじきを置いて隠した。

確か、メールに書かれていた婚約者の名前は「諸山光」。年齢は——

「年齢は二十五、会社員です。今年の、バレンタインデーの頃から、連絡が取れなくなりました」

「婚約者さんのお住まいは……東十条《ひがしじゅうじょう》、とのことでしたか」

「はい。ただ、ここしばらく帰宅した様子はありませんでした。職場には、あるとき退職願を出して、来なくなったということです。警察に捜索願を出そうと思ったのですが、彼のご家族が警察沙汰を嫌がって――」

ガラスの皿に火のついたキャンドルを置いて、コピー用紙をちぎり「むむむ」と唸ってそれっぽさを演出しながら考える。社会人の失踪事件では、警察に連絡したとしても、大々的な捜索はしないだろう。

しかし、捜索するに当たってまず頼るのであれば、占い師ではなく、興信所の方が適切のように思うけれど。奏がそんな違和感を覚えたことを感じ取ったのか、依頼者はこう付け加えた。

「姿を消す前に、彼が言っていたのです。『占い師に、吉方《えほう》を見てもらった』と。であれば頼るべきなのは、興信所より先に、占い師さんかと思いました」

「なるほど」

占い師に言われた方角に向かった可能性は大いにある。

であればあながち、依頼人の判断は間違いとも言い切れない。——ただそうなると、奏の「占い」には少し不利だ。何せ、奏自身は真っ当な占いができないのだから。

「置手紙には一言だけ、『捜さないでほしい』とありました。……彼の写真は、メールでお送りしましたよね」

確かに受け取っている。二度目に貰ったメールの添付ファイルに、五枚の写真が収められていた。高校時代の卒業アルバムから取ったらしきものが一枚。食事中の写真が三枚、証明写真らしきものが一枚。写真用印刷紙を切らしていたので、データのままだ。

ディスプレイの端で、写真を収めたフォルダを表示させる。koua.jpg、koub.jpg……ファイル名を見た瞬間、コウアって何だろう、と思ったけれど最後の一文字はただのナンバリングだ。数字を使って数えた方が読みやすいだろうに、と思いながら直すのも面倒でそのまま保存している。

卒業アルバムの中で学生服を着た彼は、緊張しているのか唇を引き締めてこちらを見ている。片や、食事中の写真はどれもカメラを見ていない。どの写真からも伝わってくるのは精悍《せいかん》というよりは温厚そうな雰囲気で、色白の肌は、何かの物語で読んだ「陶器のような」という表現を思い出させた。

「志崎様はどちらにお住まいですか」

「わたしですか？　わたしは東京、ええと、田無《たなし》に」

「具体的なご住所をお願いできますでしょうか。方角を占いますので」

「東京都西東京市田無……二六八九」

手元のノートに、急ぎメモをする。東京都西東京市田無二六八九。

と同時に、頭の中に地図を思い浮かべる。田無から東十条、方角としては東――やや北寄り。電車で行くなら田無から高田馬場、田端《たばた》を経由して京浜東北線を使うのが最短ルートになるかもしれないけれど、それでも一時間近くかかりそうだ。

「あの、オリハシ先生」

名を呼ばれ、顔を上げる。依頼人は机の端で、手を組んでいた。

「この時点で何か、彼に関して、見えることはありますでしょうか」

「いま、ですか」

顔を伏せる。キャンドルの火を反射させながら光るおはじきを眺めつつ思考するも、考えつくことはいまのところない。姉であれば即答できることもあるかもしれないが、残念ながら奏に彼女のような力はないのだ。

端に積んでいたトランプを摑んで引き寄せる。

「まだ、星の巡りは闇《やみ》の中に。カードで彼の運勢を占いたいと思いますが……彼に何か、悩みがあったとか、そういうお話はありますか？」

「特に、思い当たる節は。これといった仕事上のトラブルも聞いたことがありません。わたしに隠していたとしたら、その限りではないですが。ああ、何度か誰かとメールしているのを見かけましたが……ただ、それがどこの誰であるのかは。ちょっとした知り合いだ、としか言いませんでした」

いま思えば、嫌がっても聞いておくべきでした、と唇を噛んだ。

もしかしたら人間関係での問題を何か、抱えていたかもしれない。だとしたら彼の身辺の情報を洗うことは必要不可欠になりそうだ。最近買った銀縁の伊達眼鏡の蔓《つる》を人さし指で上げつつ、適当な本をめくる。

いつものように、占いには時間がかかるとかなんとか言って誤魔化すしかないか——とディスプレイに映る依頼人を見たとき、

「何をお気にされていらっしゃるのですか」

そんな問いが、口をついて出た。

うっかり吐いてしまった言葉だったが、戻すことはできない。改めて背筋を伸ばし、前髪を払ってカメラを見た。

ディスプレイに映る依頼人の組まれた指の先が強くテーブルに押しつけられ、爪の三分

の一ほどが白くなっていたのだった。

改めて依頼人を観察する。婚約者がいなくなって、捜索の依頼をするというのに、彼女の表情には一切の焦りが見られない。美人と言っていい顔立ちは揺らがず、表情に急いている様子は出ていない。声にも、目の動きにも揺らぎはない。彼女が何かを隠すことに長《た》けているのは、明白だった。

言われてはっと、初めて依頼人の目が揺らぐ。

「志崎様――」

「――ただけますか」

早口が聞き取れない。

改めて、ディスプレイを見る。感情の抜け落ちた顔をしていた。奏が聞き逃したことを察してか、もう一度口を開いた。

「このたびの依頼は、なかったことにしていただけますか」

「え?」

「占いは、結構です。お時間をいただき、ありがとうございました」

「え、そんな、あの――」

唐突なことでろくな反応ができないうちに、依頼人の組んだ手が解かれ、画面の外に伸ばされた。

きっとそこに、マウスを置いていたのだろう。カチ、とクリック音が聞こえたようにも思うが錯覚かもしれない。いずれにせよ、奏が止める間もなく依頼人を映していたブラウザは暗転し、白地でただ一行だけが表示される。『会議参加者はいません』。


部屋の明かりを点ける。キャンドルの火に息を吹きかけ消しながら、奏はウェブ会議システムのブラウザを落とした。

依頼はなかったことに。その声は突き放すようではなかったが、不要だと言われたのは確かにそうだ。思い返しても何が原因だったのかわからない。こちらに何か不手際があったとは考えにくいが、どういう心変わりなのだろう。クレームには繋がらないと思うものの、人の心の琴線は人それぞれで、何で気分を害すかなどさまざまだ。

念のため、あとで録画を見直そう。そう思ったと同時、ポケットの中でスマートフォンが軽快な音を鳴らしたものだから心臓が跳ねた。

メールではない、電話だ。相手は——

「修二さん」

「どうした。何かあったか」

電話を取って耳に当てると、焦った様子の修二の声が届いた。

依頼をキャンセルされたことかと心臓が跳ねたが、そうではあるまい。いまのいま起こったばかりのことを彼が知るはずはない。

とはいえ他に思い当たる節もなく。眼鏡を外しながら、尋ねる。

「いえ……何か、って?」

「……何度インターホン鳴らしても、返事がなかったから」

気まずそうな雰囲気が電話越しにも伝わってきて、奏はつい吹き出した。

もともと奏の安否をよく気にかけてくれる人ではあったが、先日の教団騒ぎから修二の過保護ぶりがますます強まった。あのとき彼が、謎の集団と姉の奇妙なかかわりに心を痛めているのは間違いなかった。彼女の唯一の肉親である奏の身を案じているのだろう。

「仕事中だったので、インターホンの音量下げてて気づかなかっただけです。すみません」

「……ああ」

「いま、開けますね」

電話を繋いだまま部屋を出て、インターホンでエントランスの鍵を操作する。間もなく姿を現した彼は、少なからず慌てたことを恥じているのかいつもよりぶっきらぼうな口ぶりで「土産」と紙袋を差し出した。どこの洋菓子店で買ってきたのか、大ぶりなクッキーがたくさん収められている。

「お気遣いありがとうございます。修二さん好きです」

「お前の『好き』は軽いんだって」

あきれたような口ぶりに、先ほどの緊張感はもうなかったのでほっとする。「仕事っていうのは?」と、こちらの代役を気にしてくれる。

リビングに通し、貰ったクッキーと紅茶を出して、先ほどの依頼の概要を話して聞かせると、修二が「失踪、ねぇ」と呟いたので、

「オカルト的に言うと『神隠し』とかになるんですかね」

「そうだな。現実的に言うと」

顎を撫で、一拍置いて、

「まぁ、失踪だな」

同じところに落ち着いた。

最近の修二は、オカルトの話を振っても前のめりになることがない。奏のことを慮《おもんぱか》り自制しているのだろうけど、彼らしくなくて落ち着かない。趣味より仕事より、奏を見てほしいと願ったことは両手の指では足りないが、実際にそうされてしまうとなんとも——

「……どうした？」

「いえ」

なんでもないです、と顔を背けて、コピー用紙に印刷した資料を渡す。諸山の簡単なプロフィールと、顔写真、それから先ほど志崎に聞いたことのまとめ。

「今回の案件は、どちらかというと『家出』と言った方が近いような気もします。事前に占い師に吉方を占ってもらっていたというあたり、計画的なものと言えるかもしれません」

「占いの方角からその男の行き先に関してアプローチするなら、その男の吉方位を調べて向かった方向を割り出すのが一番か」

「吉方位？　……ああ、いい方角のことですね」

占い師の代理を務めてはいるが、それについても詳しいのはやはり修二の方だ。奏の浅い知識に首肯して、説明を入れてくれる。

「日本で有名なところは、九星気学か。誕生日をもとに吉凶方位を見るもの。一白水星とか、五黄土星とか、聞いたことあるだろう」

「あ、星ごとに個別になった本が本屋さんに売ってるの、見たことあります」

「それ。ただ、方角の吉凶を見る占いは九星気学だけというわけではない。タロットやら風水なんかも有名だな。ただ、実際にその人がどういう占いによって吉方を見てもらい、どういう結果を聞いたのかがわからない限りはどうにもならない。——でも」

「はい？」

逆接がついた。背を丸めて紅茶を啜る修二が、奏を見る。

当然のことのように、こう言った。

「なかったことに、って言われたんだろう？」

姉の場合はカウンセリングのようなかたちで、占いをせずにことを収めてしまうこともあるが、今回についてはそういうわけでもない。

何の解決も見ていない状態で、向こうから突然に引っ込められた場合どうすべきなのか。

「何もしなくていいっていうなら、それでいいんじゃないのか。写真データとメールはゴミ箱に捨てておけよ」

「え、でも」

それはよくないのではないか、と言いかけて。

「……そうですね。わたしが気にすることでもないですね」

手のひらサイズのクッキーを真ん中で割って、口に運んだ。

本当は修二としては、奏が「代役」としてでも占いにかかわってくれた方が、オカルト好きの好奇心も充足させられるし記者としてのネタにもなるし、嬉しいはずなのだ。それでも「触れるな」と諫《いさ》めるのは、ひとえに奏の身の心配、気遣いからくるものである。

奏としても、占い師の代役なんて、決して好きでやっていることではない。依頼されてもいないのにわざわざ代役として動くというのはおかしな話で、彼の提案は道理にかなっている。

ただ、気になるのは――

「左々川から何か連絡はあったか」

考えに浸りかけていた奏の意識が戻ったのはクッキーで口の中がいっぱいになった頃、修二に声をかけられたときだった。「飲み込んでから続きを口に入れろ」と小学生以下の注意をされたので、紅茶で流し込む。

「左々川さんからは先日の宗教団体に関して、摘発したあと、取り調べでわかったことを、彼女の業務に差し障りのない程度で教えてもらいました」

「俺のところには一切連絡がなかったけどな」

日頃の行いではなかろうか。

「名永教という教団の規模は、左々川さんが予想していたより小さかったそうです。教団を立ち上げて間もなかったこともあり」

「それにしちゃ役割分担がうまくできていたように思うけれど」

「以前にそのノウハウを別の場所で得ていたんだそうですよ」

「別の場所で？」

「ええ。そこで、お姉の顔を見たということでした。——時期としては、三月頃」

姉が占い師の仕事を放り出していなくなった頃と合う。

「『別の場所』の詳細や、そこでお姉が何をしていたかまでは聞き出せなかったそうです。身辺を洗うと言っていましたから、今後の調査で摑めるかもしれませんが……」

「あまり、いいところではなさそうだな」

何らかの事情で離れられなくなっているというのは、あまり歓迎された話題ではない。

顔を上げる。向かいのソファで修二が無言で何か考えているが、目が合うと「心配するな」といつも通りの様子で言った。

「折橋が不在なのは左々川も把握しているし、悪いことにはならない。折橋のことだから、そこにいるのも何かあいつなりの意味があるんだろう……おい、そんな急いで食うなって」

クッキーを口の中に詰め込んで、答えられないふりをする。大きく縦に首を振って返事として――

「そうだ、すみません修二さん。来ていただいて申し訳ないんですけど、わたし、午後イチの授業を取っているんです。特別講義が入っていて」

「いや、アポなしで来たこっちが悪い。学校まで送ろうか？」

「それには及びません。一コマだけですし、変質者も出られるような時間じゃないです」

「……何かあったら連絡しろよ」

「もちろんです。もしどうしてもとおっしゃるなら、おはようとおやすみとごはんとお風《ふ》呂《ろ》まで全部」

「終日スマホがうるさく鳴るからやめてくれるか」

拒否をいただく。――そう言えばきっと、彼は引いてくれると思っていた。

クッキーをもう一枚取りたくて、テーブルの上に手を伸ばす。いつの間にかスカートとベルトの間に挟まっていたおはじきが、ころんと一枚、床に落ちた。

おはじきを拾い、クッキーをもりもり食べて顔を上げる。

「さて、そろそろ学校行く準備しないとです」

「せめて駅までは送らせろ。今日、車だし」

「えっ修二さん、これ以上好感度上げてどうするつもりですか。困りますよ。結婚くらいしかできませんよ。あとどっちかって言うとわたしが玄関で『いってらっしゃい、あなた』って修二さんをお見送りしたいです、新婚風で」

「待っててやるから準備しなさい」

「新、婚、風、で！」

奏の願いが聞き届けられることはなく、「いいからさっさと準備しろ」と若干強めの口調で言われる。照れ隠しですかなどと言ってみたい思いもあるが、これ以上言えば説教が始まりそうなのもわかっていたから自重。

外出の準備、まずは仕事道具を片づけるべく、拾ったおはじきを持って仕事部屋へ。パソコンのマウスを振ってスリープ状態を解除したとき、ふと、デスクトップのアイコンが目に入った。『依頼記録.xlsx』エクセルファイル。姉が、占い師オリハシとして受けた依頼の簡易記録が収められている。

開く。依頼日と名前、依頼内容が一覧になっていた。備忘録程度の意味しかないようで、名前はメールフォームに入力された仮のものだし、依頼内容欄の入力も覚え書き程度のひどく簡素なそれだった。ただ、志崎は「婚約者は失踪直前、占い師に、吉方を見てもらった」と言っていたから……

「もし、その『占い師』がお姉だったら」

このエクセルにも、その旨が残っているのではないか。マウスでページをスクロールして、諸山失踪の頃の記録を表示させる。

依頼日「三月十一日」、名前「モノ」依頼内容「恋愛運」。

依頼日「三月十一日」、名前「S・R」依頼内容「職場の人間関係」。

依頼日「三月十二日」、名前「榛沢《はんざわ》」依頼内容「金運」。

依頼日「三月十二日」、名前「佐賀谷」依頼内容「会食の場所とメニュー」。

依頼日「三月十三日」、名前「赤身」「譲り受けたパワーストーンの効果」。

依頼日「三月十五日」、名前「ふくろう」「神を信じるか否か」。

依頼日「三月十五日」、名前「H・M」依頼内容「加入団体からの脱会」。

「……変な依頼が混じってるなぁ」

予想していたことではあるが。

その先は空欄になっている。そこから先の時期は、代役として奏が務めているのだから当然といえば当然だ。諸山は吉方を占ってもらったと言っていたが、名前にも依頼内容欄にも、そのような記録は見当たらない——彼の頼った占い師は、オリハシではなかったと見るべきか。

マウスを操作して、「シャットダウン」にカーソルを寄せる。

画面中央の「シャットダウンしています」をぼんやり眺める。今日の依頼はキャンセルとなった。だからこれ以上あの依頼人に拘泥する必要はない。だからあの依頼のことは、もうこれ以上考えるべきではないのだろう。それでも――

気になったのは。

あの女の話に、明らかな嘘があったからだ。

ちょっとばかし個人的に調べても、バチは当たらないだろう。

午後に大学で授業を取っているのは嘘ではない。特別講義があるのも嘘ではない。ただし、友人の拝郷に代返を頼んだら「任せておいて」と快く引き受けてくれたのもまた、嘘ではないのである。そして修二が奏のことを心配しているところに「原因不明のキャンセルを食らいましたが気になって仕方がないので調査してきます」と馬鹿正直に伝えることが得策だとは思わなかった。

新宿駅から埼京線《さいきょうせん》に乗り、十条駅で降りる。晴れきった空を見上げ、つぶやいた。

「気になってしまったので」

スマホを出し、メールのアプリを開けた。東京都北区東十条三丁目――次いで地図アプリ。駅から十分ほどのところに、目的地の点が打たれた。タクシーを使う必要はないだろう、青空のもと道を行く。たどり着いたところにあったのは三階建てアパートだった。部屋番号は一〇三。こういうところでおどおどすると逆に怪しまれるのだ。鼻歌など歌いながらアパートの敷地に入る。一階の角部屋だった。

「こんにちは。どちらさん？」

声をかけられてそちらを見ると、老婆が一人、立っていた。動じないようにと自分自身に言い聞かせ、にこりと笑って挨拶をする。

「こんにちは。こちらの部屋を借りている者のいとこです。あなたは？」

失踪事件のことをすでに耳に入れている可能性を考えて、少し遠めの親戚に設定。ただ、彼女はそのことを知らないようだ。

「ああ、そうかい。わたしはここの大家だよ」

都会の生活に近所付き合いはほとんどない、などと言われるが、あるところにはある。人懐っこい笑顔で自己紹介した奏の存在を、大家だと名乗った彼女は怪しんだりはしていないようだった。

「いつもいとこがお世話になっています。何か迷惑をかけていたりはしませんか？」

「いんや、特にないね。いまどき珍しいくらいの礼儀正しい青年だよ……ああ、ただ、いとこさんにその鉢をどかしてくれるように言っておいてくれんかね。通路に物を置くのは控えてほしいんだ」

鉢。視線の先を追うと、そこには植木鉢が置かれている。「シクラメン」と書かれた白い札は球根ともども水に濡れており、鉢の足もとには、移動させたときについたらしい丸い跡があった。

「わかりました。こういうところずぼらなもので、すみません」

「いいや。ここしばらく姿を見ないけれど、どうしたのかね」

「彼の母親が少し体調を崩していて、心配だと実家に戻っています。落ちついたら戻ってきますので、その際はまた、よろしくお願いいたします」

「そうかい、そうかい」

最近の若者にしちゃあいい子たちだ、きっと親御さんの育て方がよかったんだろうなどとしきりと喋る大家に「よかったらお茶でも」と誘われたのをなんとか断り、ようやく解放される。

大家が姿を消したのを確認してから、奏はドアに耳をつけた。物音は、しない。

「……まぁ、だいたい、こういうのはね」

鉢を持ち上げる。——鍵《かぎ》を発見。ディンプルキーを鍵穴に入れて回すと、ピンの動く小さな音がした。防犯意識の足りないところだがいまの奏には有り難い。ドアをそっと開けて、靴を脱いで上がる。なんとなく座りが悪くて「お邪魔します」と小声で挨拶した。

フローリングには目に見える埃《ほこり》はなく片づいている。家主はもう、長いこといないはずだから、キッチンもしばらく使った様子はない。依頼人が言っていた「失踪」は、やはり計画的なものなのか……と、ゴミ箱を覗いたとき。

雑誌――いや、パンフレットが一冊、捨てられていた。「希望のともしび　よりよい未来のために」。取り上げて開いてみると、

「……紙が」

挟んであったメモ用紙が一枚、はらりと落ちた。ボールペンの走り書きで、

「……うち？」

占い師オリハシのサイトURLが記載されていた。続いて「逃げるには」と書かれている。姉の入力したエクセルファイルには、諸山の依頼と思われるものはなかったはずだが――いや。

彼が本当に占ってもらいたいと思っていたのが吉方ではなかったとしたら話は別だ。一度帰宅して、再度確認する必要があるかもしれない。

メモを拾い上げようと身をかがめたとき、

「やっぱり、あなただったのね。占い師オリハシ」

声がした。

ふいに頭を過ぎったのは、玄関先の植木鉢。四ヵ月以上も持ち主が不在であるはずの鉢に、どうして水やりの形跡があるのか。いったい誰が、それの世話を続けていたのか？

振り返る。

掲げられたカッターが西日にきらめくのを見た。

＊＊＊

折橋家を離れて、一時間。

仕事に身が入らないので、修二は本日の仕事を早々に切り上げることにした。たまにはそういう日があってもいいだろうと自分に言い訳するが、そもそも折橋がいなくなってから奏のために割く時間は多くなっている。占い師オリハシの記事で仕事の結果が出せている以上、同僚からは特に何も言われないのが救いと言えば救いだが。

スマートフォンを操作して「迎えにきてやったから終わったら正門に来なさい」と奏に一通、メールを送る。素っ気なく硬めの文章にしたのは、自分のしていることが娘を持つ心配性の父親のようだという自覚があったからだ。

どうせ「過保護すぎませんか」とからかわれるのはわかっていた。「そんなにわたしのことが気になるんですか」などと自意識過剰なことを言われるだろうことも。

それでも危ない目に遭わせるよりははるかにいい。折橋本人の所在の捜索は左々川に任せておくとして、その肉親に危険が及ばないようにしてやるのは自分の役目、のはずだ。

——奏ちゃんをよろしくね。

まるで折橋姉妹の番犬のようだと思いつつ、送信を終えたスマートフォンをしまう。学生の往来のある正門でいつまでも待つのは気が引けるので、どこかで時間を潰すかと回れ右したとき、

「あれ、もしかして」

声をかけられた。

顔を上げると、目の前に一人の女子学生。

「修二さん、ですよね？」

わぁ本物だ、と芸能人——いやそれよりもどちらかといえば流行《はや》り始めのＹｏｕＴｕｂｅｒでも見つけたような気安さで言う。

しかし、この子は誰だろう。仕事柄、人の顔を覚えるのは得意な方だと思っているが、修二に覚えはない。先日、蛇憑きの騒ぎのときに一度訪れたものの、その際に顔を合わせ

た学生の中に彼女の姿はなかったはずだ。答えかねていると、

「修二さんですよね、森重修二さん。二十八歳で、オカルト雑誌の記者さんで――」

証明とばかりに、指を折りながらこちらの情報を挙げていく。

「学生時代の夢はファンタジー小説家で、嫌いなものはレバーで、好きなものはオカルトトークと奏、の森重修二さん」

「……奏の友達か」

ろくでもない噂を流して。

ただ、対する学生の正体をなんとなく察することができたおかげで、こちらの肩の力も抜ける。彼女はにこりと笑った。

「奏の友人の、拝郷三矢子です。修二さんのお顔は、しょっちゅう奏に写真を見せてもらってたので知っていました」

「あいつは俺のどういう写真をばらまいてるんだ」

「え、聞きたいですか」

「……やめとく」

少し悩んでそう結論を下した。知らない方がいいこともあろう。

それはともかく、と仕切り直す。

「森重です。いつも奏と仲良くしてくれてありがとう」

「こちらこそ。奏にはいつもお世話になっています」

奏にとってのどういう立場で挨拶をしたらいいのか、その挨拶で合っているのか迷ったものの、拝郷は違和感なく受け止めてくれたようだった。笑顔で頭を下げてくれる。

「そうだ。これ、奏に渡しておいてください」

「ん？」

拝郷が、一枚のクリアファイルを差し出した。

中身を検めると、二つ折りにされたA3サイズのコピー用紙が入っている。

「今日の特別講義のレジュメのコピーなんですけど。わたしから貰うよりも修二さんから受け取った方が、奏は嬉しいと思うので」

「……どうだかね」

奏は友人に、自分のことをどういう風に話しているのか。

あれの好意がどこまで本気なのか、はかりかねる現状だ。本当に喜ぶかどうかは定かではない。ただ、自分はここへ奏を迎えに来たのだから、この後会うことは確定している。

そういう意味では預かっても問題は――と頷きかけて、思い出す。

「ちょっと待ってくれ。奏は？」

奏は、「午後の授業に出るから」と、修二を自宅から追い払ったはずだが。

尋ねれば「え」と、拝郷こそ驚いた顔をした。

「今日は授業サボるから代返お願い、ってメール貰いましたよ。どうしても外せない用事ができたから申し訳ないけど、って」

「その連絡は、いつ頃?」

昼過ぎですね、と拝郷は言った。「代役」の依頼を受けた後のことだが、あの依頼はキャンセルになったはずだから調査すべきものはないはず。

ならばどこに行った?　どういう理由で?　口うるさく言い過ぎただろうかと自身の言動を思い返すも、そこまでやかましくした覚えはない。

「奏、どうかしたんですか?」

「いや、今日、学校行かないなんて聞いてなかったから。ま、俺に言いたくない予定もあるだろうよ――ほら、意中の相手に会うとかさ」

心配をさせないよう、なるべく明るい声で言った。奏だってもう大学生にもなるし、保護者のような人間相手に言えない関係があってもおかしくあるまい。

しかし拝郷は目を丸くして、大きく首を振る。

「それはないですって。奏のノルマ、一日一修二さんみたいなところありますよ」

「あいつの学生生活どうなってるんだ」

気にはなるが、当座の問題ではない。

——拝郷の表情が曇る。

「もしかして、奏に何か」

「ああ、いや。そういうのじゃなくて……違うんだ」

違う。違うだろう？　ここにいない奏に頭の中で問いかけながら、スマートフォンを取り出して、アドレス帳から「折橋奏」の番号を鳴らす。一、二……五コール。

一度切り、発信先を間違えてはいないかと確認して、もう一度コール。一、二……

「どこか、行き先に心当たりはないんですか」

拝郷にねだるように言われて、修二はコールを数えるのをやめた。十は超えていたから現実逃避に過ぎない行為だった。

諦めて現実を見る。——奏がどこかへ行った。どこへ？

考えられるものは一つしかない。鞄からコピー用紙を取り出して広げる。例の依頼の内容をまとめたそれに、拝郷の目が光ったように見えた。

「なんですか、それ」

「……いや、ちょっと」

「見せてください！」

何せ、オリハシの仕事の資料だ。言いよどんだが、まさか一瞬でむしり取られるとは思わず、どう言い訳しようかと慌てて考えを巡らせる。

「その、あいつの姉の仕事の資料、なんだけど。事情があって、ちょっと奏がかかわっている。午前中にその件で話をしてたから、そこにあるどちらかの住所を訪ねている可能性は――」

「どちらか、も何も」

用紙を見ながらスマートフォンを操作していた拝郷が、不意に顔を上げた。

いやに力のない顔で、ぽつりと、続ける。

「この田無の住所、実在しませんけど」

＊＊＊

裂かれたのはジャケットを五センチ。インナーまでは届かなかった。

「依頼は、キャンセルさせていただいたはずですが」

奏が件《くだん》の依頼人・志崎と対峙《たいじ》して思ったことは、進め方を間違えたなということだった。と同時に、一人で赴いたことは正解だった、とも。代役業務のトラブルに修二を巻き込むことは本意ではない。

右手にカッターを持った志崎の目的が、奏の殺害かどうかは定かではない。ただ、「婚約者の家に不審者が侵入していたので正当防衛として襲い掛かった」というものでもないことは確かだ。チチ、チチ、という音が妙に近く聞こえる。

左手を右肩に添わせる。お気に入りのデニムジャケットの、右腕の外側が薄く切れていて、足が震えそうになる――が、

「どうして占い師さんが、こちらにいらっしゃるんですか」

その呼び名で、自分のすべきことを思い出す。占い師。

「……ええ。こんにちは。わたくしは占い師オリハシでございます」

細く息を吸って、吐く。両手の指先と指先を合わせ、顎を引いて、首を傾げ、口角を上げ、占い師オリハシとしての顔を作る。

確かに自分は人知を超えた力を持つものだと、力を携えていると信じ、振る舞う。

「依頼を携えていらっしゃった、カメラ越しのあなたの姿は、わたくしの目にはひどい……」、ひどい――何、と言おう。汚れ、影、膿《うみ》、いや、「穢れが、見えました」。教祖の言い回しを、参考に。

ここには雰囲気を演出するインテリアはない。ローブもない。それでも我こそはかの有名な女占い師であると、佇まいで語ってみせる。

「それを仕事として受けることがなくとも、占い師としてあなたのことが気になったのは、当然のことと言えましょう」

ここに座すは、占い師オリハシであると。

——そして同時に考える。志崎の依頼には、奇妙な点が散見された。

添付された写真データ。奏は交際相手ですらない修二のことを、機会さえあれば写真に収めたいと思うし、実際たくさんの写真を撮っては友人に見せてあきれられている。志崎が本当に諸山何某《なにがし》の婚約者であるとするなら、相手のことを撮影する機会は少なくなかったはずだ。しかし、彼女が占い師オリハシに送った彼の写真データは、卒業写真と証明写真以外の三枚すべてが笑っていない。どころか、カメラに視線を向けてすらいなかった。恋人であれば笑顔の写真も、一緒に写った写真の一枚もあるだろうに。

胸元で揺れる、ローズクォーツに指を触れさせる。パワーストーンなんて実際はただ綺麗なだけの石ころで、何の効果もない。知っている。だがそれを、あたかも力あるものとして見せるのが、占い師オリハシという人だ。

「あなたは、彼が失踪直前に会ったという占い師が、彼のことを聞いてきた自称婚約者を前に、どのような反応をするかを確認したかったのですね」

志崎が奏に占いを依頼せず会話を一方的に切ったのは、オリハシの態度が気に障《さわ》ったからではない。

彼女は、オリハシが彼のことを知っているか否かを知ろうとしてオリハシに声をかけた。会話の間、妙に張り詰めたような空気で奏を見ていたのは、婚約者の身を心配してのことではなかった。オリハシが諸山という人のことを聞き、どのような反応をするかを確認したかったのだ。

奏は諸山という人間から依頼を受けたことはなかった。面識もなく、だから捜していると言われても、思うところはさほどなく、志崎の要求を疑うことなく、占いをすると伝えた。そういう態度を見せたオリハシは本当に諸山のことを知らず、後ろめたいところはないようだと、志崎は判断した。だからそれ以上の情報収集を必要とせず、そのまま依頼を断ったのだった。

そして。

顎を少し、引く。上目遣いで彼女を凝視する。

「志崎様。あなたの星の位置するところから、お二人のことを表す方角を見ようとしました。ですが、奇妙なことに、あなたのお住まいの場所からは何も見ることができなかったのです」

彼女の依頼にはもう一点、嘘があった。彼女の自宅の所在地だ。田無は住居表示が実施されている土地であり、登記上はともかく、住所に四桁《けた》の数字を使うことはありえない。

彼女はオリハシに、嘘の住所を告げた。どうしてそんな嘘をつく必要があったのか。

自分のことを知られるのが、怖かったからではないか。つまり、

「あなた、諸山様との交際の事実は、ないのではないですか」

かつて何かのコラムで読んだことがある。「誰々を捜しています」というＳＮＳの書き込みに安易に協力してはいけない、と。捜しているのは身内を騙《かた》る何者か、たとえばその人のストーカーであったり、ＤＶ加害者であったり——ＳＮＳの人海戦術によって得た情報を、悪意を持って利用しようとする人である場合がある。

同じだ。彼女は婚約者ではなく、ただの「彼の知人」だった。もしくは、一方的に彼に好意を抱いていただけの、彼のことを深く知るわけでない、他人。

それを考えれば、姉の記録とも整合性が取れる。

志崎は諸山の失踪に気づき、急ぎ彼の行方を追った。捜索のため婚約者を騙ったこと、何枚も写真を手に入れていること、いまこうして不法侵入していることなどから考えても、以前の彼女が諸山とよい関係を築いていたとは考えにくい。少なくとも、自分から逃

げるために占い師を雇ったのではないか、と思う程度には。

「あなたが『コウちゃん』と呼んでいたからわかりませんでした。諸山様のお名前、モロヤマ『コウ』ではなく『ヒカル』ですね」

「だから何？」

苛立《いらだ》たしげな彼女の言葉。しかし、奏には大事なことだ。

――姉が最後に受けたという依頼。名前「H・M」依頼内容「加入団体からの脱会」。もし彼のファーストネームが「ヒカル」であるとするなら、依頼者とイニシャルが合致する。さらに、ゴミ箱から見つかったパンフレットを加えてみれば。

「こちらの質問に答えなさい、オリハシ」

志崎は、思考に耽《ふけ》る暇を奏に与えない。握ったカッターがカチ、と音を立てて、目盛り一つ分、刃が伸びた。

血の気の引いた頬は彼女の怒りを表しているが、恐れを態度に見せたら負けだ。余裕を持って、いかにも気だるそうに顔を上げる。志崎の唇の左端が、ひくりと歪んだ。

「彼をどこにやったの」

鞄から何かを取り出して、床に放った。諸山の写真が床に撒《ま》き散《ち》らされるが、写る彼はどれもカメラを見ていない。「彼のことを理解できるのはわたしだけだから」と冷えた目でこちらを見る志崎は、奏を明らかな敵として見ている。

奏もまた、息を殺し、オリハシの表情で彼女を睨《ね》めつける。志崎の手が動いてカッターの刃が西日を反射し、奏がつい眩《まぶ》しさに目を細め、

「わたしに何もできないと思っているのなら――」

絶叫とともに志崎がカッターを振り上げた瞬間、

「わたしの友達に何してんだおら――！」

ドアを蹴破《けやぶ》り飛び込んできた影の一つが、志崎を壁まで突き飛ばした。

「奏、無事か！」

「修二さん……ハイゴー？」

どうして二人がここに。

志崎に向かって弾丸のように突っ込んでいったのは、学友の拝郷三矢子だった。どうして彼女がここにいるのかまったくわからないまま、呆然《ぼうぜん》と名を呼ぶ。ただ、彼女は聞いていないようで、床に落ちたカッターを取り上げてポケットにしまうと糸が切れたように、その場にへなへなと頽《くずお》れる。

そうしてから、立ち尽くす奏をようやく見た。

「なんでみんな、わたしに何も言ってくれないのよう」

あの日、カレーを食べながら笑った拝郷が脳裏を過ぎった。何も相談してくれなかった西口のことを嘆く彼女の笑顔。

今回のこれはあくまで自分の「代役」の仕事で、拝郷や学校とは一切関係ない。それでも拝郷には、またも、窮地にある友人が自分には相談すらしてくれなかったという構図に映るだろう。「ごめんね」と答えると、拝郷は「まったくだよ！」と震える声で言った。

「何をやってんだ、馬鹿！」

そして罵声《ばせい》は拝郷のものだけにとどまらない。続いた怒鳴《どな》り声に顔を上げれば、志崎を床に押しつける修二の姿があった。志崎は観念したのか、暴れることも騒ぐこともしていない。凶器も持たない女性一人が、成人男性に押さえつけられて逃げられるわけがなく、それを理解しているあたり、彼女はいま、冷静だ。

一方で、冷静でないのは修二の方だということがその表情から知れた。完全な怒り顔——というか、お叱りモードだ。

「奏。何か言うことがあるだろう」

どすのきいた低い声。彼が本気で怒ったときだけ出す声だ。

一番に思いついた答えは「わたしもそんなふうに力強く抱きしめられたいです」だったのだけれど、いまの彼は奏の向こう見ずの行動に、きっと心から怒っている。いまそんなことを答えたら嫌われてしまうかもしれない。嫌われてしまうのはよくない。

つとめて真面目に返すことにした。奏は志崎を手で示し、

「彼女の依頼に明らかに不審な点があったので、調査をしたいと思いました」

「どうして俺に言わない」

「修二さん、先日の教団騒ぎのときの満倉氏の聞き込み、危険はないとわかっていてもわざわざ同行してくださったでしょう。今回は危険が伴う場所ですから、言えば絶対に止められると思ったので。すみませんでした」

深々と頭を下げ反省して見せると、修二は怒りのやり場がなくなったようだ。「止めるのは当然だ」と、今度は押し殺したような声で言った。

修二はどんなときも、奏のことを守ろうとしてくれる。まったく真面目で、誠実な人だ。「そんな修二さんが好きです」と告白すれば、「お前、本当は俺のこと嫌いだろう」と突っぱねられた。悲しいことに、こちらの好感度は地に落ちているらしい。

――さて。

「改めましてこんにちは、志崎さん」

床に近くなった志崎の顔を、見下ろす。舌打ちする彼女を見て思ったのは、この距離は話しにくいな、ということだった。

「修二さん、放してあげてください」

「だけど」

「大丈夫です。わたしを信じて」

「いま、お前ほど信じられない人間はいないんだが」

「そこをなんとか」

しぶしぶ、もしくは、おそるおそるといった様子で彼はゆっくりと手を離した。

志崎も、分が悪いと判断したようだ。逃げたり襲いかかったりしてくるそぶりはない。

「一つだけ聞かせてください」と声をかけると、彼女は無言で奏の問いを待ってくれた。

奏は、先ほどゴミ箱から拾ったパンフレットを差し出した。

――かまをかけてみる。

「志崎様。諸山様がこの宗教団体に所属していたことをご存じですか」

「……彼は、熱心な教徒だったわね」

ビンゴ。奏が確信したのと、

「それ!」

と拝郷が奏の手からパンフレットをもぎ取るのは同時だった。彼女の方こそ驚いた様子で、パンフレットを親の仇《かたき》のようにばんばん叩き、

「これ、これ、西口のやつ！」

驚き過ぎて、極端に語彙《ごい》が減っている。拝郷の友人である西口が傾倒していたという「先生」が、この団体の人間だったと言いたいのだろう。どうしてここに、とばかりの今にも泡《あわ》を吹いて倒れそうな反応だったが、奏にはむしろ納得の結果だった。

「どういうことだ、奏」

そして、修二にも聞いておきたいことがある。

「修二さん、どうしてわたしがここにいるとわかりましたか。どうしてハイゴーと一緒にいるんですか」

「お前を学校まで迎えに行ったら、お前が……学校に来ていないって、彼女が」

二人とも、気にかけてくれたのか。

ずっと握り締めていて生温かくなったこの家の鍵を、修二の手に押しつけた。

「ハイゴーをお願いします」

「お前は」

修二を見上げる。何かの顔を意識したつもりはなかったのだが、そのぎょっと引いた動作からするに、どうも似てしまっていたらしい。

しかし構わない。いまは誰かのことを気にする時間も惜しい。

奏は言った。

「ちょっと、お姉を助けに行ってきます」

助手席には乗り慣れた車も、後部座席だとまた視界が変わる。奏は修二が運転する車の後部座席に揺られながら目的地へ向かっていた。

隣には拝郷が陣取っていて、間違っても途中で奏が逃亡しないようにという意志が窺える。さながら連行される犯罪者のようだと思いつつ、奏はスマートフォンの地図アプリを見ながらカーナビの指示を聞いていた。

カーナビにはすでに、ある場所を入力してある。気になるのは到着時刻だが、あと三十分ほどと画面に表示されている。

「あいつを置いてきてよかったのか」

ハンドルを握る修二が、ぽつりと言った。諸山宅に放置してきた志崎のことだ。

「いや、わたしとしては修二さんに捕まえておいてほしかったんですけども」

わたしは一人で行けますので、という本音は飲み込んだものの、バックミラー越しに睨まれたあたり、どうも本心が透けていたらしい。

「でも、拘束していたところでどうにもなりませんよ。わたしへの傷害で訴えるのも難しいでしょうし、下手すりゃ全員あの家への不法侵入で捕まります」

できることと言えばせいぜいが、痕跡を消し、蹴破ったドアの修理をしてもらう程度か。

「だけど、奏。奏がお姉さんの代わりに占い師をやってるって。お姉さんがいなくなっちゃったって……」

「まあ、ほら、お姉には珍しいことじゃないから」

事情を知らなかったとはいえ、何か気遣いのない発言をしていなかったか――と拝郷が気を揉んでいるのがよくわかったので、極力自然な口ぶりでそう返した。

突然奏の現在置かれた状況を聞かされた拝郷の困惑はわからないではないが、我が家の姉とはあまりに突拍子もないことばかりする人なのだ。こちらの都合で巻き込んでしまって申し訳ないと思うが、謝罪は姉から受けてもらおう。機会があれば。

そして、そんなことよりも。

「奏、俺にもそろそろ説明してくれるか。お前は何を以て、折橋を助けに行くべきだと――あいつの現在置かれている状況が、極めてよくないものだと判断したのか」

次の交差点を右に。カーナビに従ってウインカーを出している修二は、運転手らしく進行方向を見ている。こちらを見ていないのがわかっていながら、奏は指を二本立てた。

「わたし、お姉のことに関して、二つのことを考えていたんですよ。一つ目は、わたしが引き受けた『代役』の件数のこと」

「件数?」

「ええ。わたしは今回占い師オリハシの代役として、メールフォルダに届いた依頼のメールを、届いた順に、一件につき数日のペースで処理していったんですが、エクセルファイルに残してあったお姉の仕事記録を見ると、依頼日が重複していることが少なくなかったです。わたしが代役を執り行うようになってから、明らかに、依頼として送られてくる件数が減っていました。なぜか?」

疑問のかたちで投げかけるが、推測はもうできている。

「わたしはこれに、二つの答案を考えました。答案a、オリハシの業務がわたしに切り替わったのとまったく同時期、偶然に、オリハシの人気が突然落ちた」

「何かよくない噂が出て、ネットで炎上でもしたか。また、それによって、折橋は雲隠れをしようと思った――筋は通るな。あの折橋が、妹をスケープゴートにして逃げるような真似《まね》をするかというのはまた別の話として」

「だけどさ、オリハシは連絡先を非公開にしたわけじゃないんでしょ。たとえば炎上等からくる不人気が原因だったとしたら、メールで苦情やら指摘、中傷、抗議なんかが届くんじゃないかな」

先ほど事情を説明したばかりというのに、拝郷はすでに状況を理解している。手を挙げた拝郷の否定意見は筋が通っていたし、修二の姉に対する分析も当たっている。何より奏も二人と同じことを思っていた。

「そう。だから、別の答えを探す必要がありました。そこで思い出したのが、左々川さんがオリハシに送ったという依頼のメール」

「送っても返事がなかったっていうやつか。そのウザさに、ついにあいつのメールアドレスもあいつも愛想《あいそ》をつかされたかざまあみろ、って思ってたけど……おい、まさか」

バックミラーの目に、頷く。

「今日の朝、わたし、占い師オリハシのサイトのメールフォームに空メールを送ったんですが、そのメールはいまもなお、わたしの手元に届いていません……というところから、答案b。誰かが、オリハシ宛《あて》のメールを間引いている」

転じて。——オリハシ宛のメールを、誰かが監視している。

あのときは、プロバイダの不調かと話した。問い合わせてみなければと思った。そうではなく、その現象が人為的な、作為的なものであったとしたら。

「メールを間引く、一番簡単な方法としては……」

拝郷が何を思いついたのか、タブレット端末を鞄から取り出した。しばらく無言でタップして、それから奏を呼ぶ。

「奏、占い師オリハシのサイトに載せてるメールアドレス、言える?」

「info_orihashiアットマーク……」

「……似てるけど、違ってる」

タブレット端末を奏に向けた。占い師オリハシの「お申込み完了メール」が届いている。info_orihash1アットマーク。小文字のアイが英数字の1になっている。すべての依頼はいつからか、奏の手元に届く前に「英数字1」の偽アドレスを経由していたらしい。

「偽アドレスを管理しているのは……」

「奏。お前は折橋に関して、二つのことを考えていたって言ったな」

修二が奏の言葉を遮ったのは、いま、奏が考えたことから導き出される姉の安否が、あまり歓迎できたことではないと察したからだろう。

「それが一つ目なら、もう一つはなんだ」

「わたしが受けてきた依頼から見えた、お姉の現状のことです」

そしてこちらも、あまりよい結論に繋がることではない。

「拝郷から受けた、西口さんの依頼。あの依頼にて彼女の先生は、占い師オリハシのことを指して『いまのオリハシに、よろしく伝えて』と言った。通常、人を指すしきに『いまの』なんて前置きをつけたりはしませんね。つまり先生は『以前の』オリハシと『現在の』オリハシ、二人が存在しているという確証を持っている。——さらに、左々川さんが名永教を名乗る男が『占い師オリハシが、どうしてこんなところにいる』と言っていたのを聞いたことから、オリハシは本来、理由は不明なれど表に出られる状態ではない」

「……胃の痛くなる推測はやめたいよ」

「そんなこと言って。修二さんだってよくない想像をしていたから、お姉の唯一の身内であるわたしの身の安全を、ことさらに気にかけてくれていたんでしょう」

無言。バックミラーを覗くけれど、彼はこちらを見るそぶりもない。

「だけど、ねえ、奏。奏のお姉さんはすごくすごく有名な占い師さんでしょう。もしかしたらすでに、占いを使って自分の身に降りかかる災難を予知して、返り討ちにしていたり——」

「あいつには、神秘の力なんてない」

拝郷の言葉に答えたのは、修二だった。

えっ、と声を上げる拝郷に、彼はぼそぼそと続ける。

「んなこと世間に知られたら、俺も食いっぱぐれるんだけどな」

奏もまた、知っていた。

折橋紗枝は占い師でも何でもない。ただ、極端に直観力に優れているだけの人間である。姉は、依頼者から見聞きしたものの情報を頭の中で総合し、なぜそのようになったか、あるいは今後それらがどのように作用しどういった結果に至るかを判断する。彼女が「占い」と呼んで語るものの多くがことごとく当たるのは当然で、それは「占い」などという不確定な要素から読む未来などではなく、現在ある情報から推測できる事実の延長にすぎないからだ。

ただし彼女は、その思考プロセスを他人に説明することができない——要するに、「直観力の塊」もしくは「極端な説明下手」なのだ。なぜそういう事実が推測できるかという理屈づけ、頭の中で導き出した結論に至るまでの過程を他人に説明する能力が極端に低い。ゆえに姉は、プロセスを説明する必要のない「占い」、彼女が導き出した結論を「よく当たる占い」として、他人が聞くことを許し、さらにそういう彼女の特性を、オカルト記者となった友人が「稀代《きたい》の占い師」と書き立て持《も》て囃《はや》したことがきっかけで、彼女は時の人、時の占い師として世間で一躍有名になった。

逆に言えば、ただそれだけの人だから、奏が「代役」を務め上げられるのだ。

「……あいつは『人より若干、察しがいい』だけの、オカルトとは関係のない、普通の人間だ。本当に、本当にあいつが神のように未来を読み意のままに動かす力を持っているのなら――あいつはあの日、キャンパスをずぶ濡《ぬ》れになって歩いたりはしなかっただろう」

あの日というのがいつのことを指すのか、修二が姉の何を見たのか、奏は知らない。ただ、その認識が間違っていないことは奏も知っていた。

「あいつは、魔法や、神の加護や、超能力を持っているわけではない。もし複数人で力尽くで来られたら、ひとたまりもない」

魔法や、神の加護や、超能力。

奏はそこに一つ付け足したくて、声をかける。

「修二さん、覚えていますか。姉を知っていた偽教祖、彼らが以前所属していた団体『希望のともしび』。わたしたち、この教団の名前を前にも見ているんです」

「前にも？」

「雑誌ＳＡＮＡの広告ページ」

「……ああ！」

どこかで見たことがある、とは彼も感じていたのだろう。『魔女の呪い』騒ぎで雑誌を調べた際に広告ページに出てきた、噂の新興宗教団体。

「『教団「希望のともしび」幹部、謎の一斉解雇から七十日』。週刊誌の広告です。それを考えると、実際に『謎の一斉解雇』が起きたのは、三月半ばのことになります。諸山氏が脱会を希望したのが二月半ば。お姉がいなくなったのが、二月後半」

そして、恐らくは。――もう一つ予想されること。

スマートフォンの電話帳から目当ての連絡先を引っ張り出して、鳴らす。三コールで応答があった。

「もしもし、奏ちゃん？」

「左々川さん、一つ教えてほしいことがあるんです」

質問に左々川は、奏の考えていた通りの答えを述べた。礼を言って、余計なことは言わず、電話を切る。伝えれば、彼女も駆けつけてくると思ったから。

「ビンゴでした。あの空き巣教団が以前にノウハウを得たという場所も同じく『希望のともしび』という新興宗教団体だそうです」

「こういうときだけ適切な答えを返してくるんだよな、クソ女」

左々川を呪ったところでお門違いだが、言いたくなる気持ちもわからないではない。

「空き巣教団の連中は、一斉解雇により居所をなくした元教徒ではないかと推測します。このとき教団に何らかのトラブルが発生して、信者の脱会を手引きしていたお姉が下手を打ち、教団に拘束されている可能性は充分にあり得る」

「折橋失踪後、占い師オリハシのもとに届けられていた依頼メールは、すべて、この教団に収束するってことか」

「いずれにせよ殴り込みしかない、っていうことですね！」

鬱憤《うっぷん》が溜《た》まっているのか、敵を認識した拝郷の血の気が多い。ただでさえ狭い車内で丸めたパンフレットをぶんぶん振るのはやめてほしいと思っていると、カーナビが「目的地周辺に着きましたので案内を終了します」と喋った。ナビに入れたのは、パンフレットに書かれた所在地。「希望のともしび」たる新興宗教団体の本拠地に当たる。

赤信号で、車が停《と》まる。

「多分、あれだ」

左に座る拝郷が、ドアガラスにぺったりと頬をつけて前方を見ていた。

もうすでにあたりは暗い。ただ、その建物の全体像は、周囲の街灯と窓から漏れる光で把握することができた。道路の左側に、何かの施設を思わせる、三階建てほどの四角い建物。あそこに姉がいるかもしれない――

「奏。俺の趣味と仕事を覚えているな」

――運転席から呼ばれた。

修二がどこを、何を見ているのか、暗い車内では判別できない。表情から読み取ることもできない。ただ、何を話そうとしているのかはその質問からなんとなく、知れた。

「超常現象、オカルト、スピリチュアル。そんなものを調べ、知識とすることが俺の趣味で、それらを取材して記事にするのが、俺の仕事だ」

「はい」

「だから、神秘を崇める奴らに対する知識もそれなりにある」

「はい」

「だから、交渉の腕は確実に、お前よりもいい」

「……はい」

「だから、お前たちはおとなしく——奏！」

車で待っていろ、とか言いかけたのだと思われるが定かではない。勢いよくドアを開けた拝郷に続いて奏も外に飛び出した。

施設の小門を通って敷地内に入り、建物目指して走る。時間の問題か警備員はおらず、部外者の侵入が見とがめられることはなかった。

正面入り口前に停められたバイクの脇を横切り、ガラスのドアを押し開けて、

「責任者出てこい！」

「お姉！」

拝郷が鬱憤とともに、奏が勢いとともに叫んだ先で——

「あっ、奏ちゃんいらっしゃい！」

姉が笑顔で宅配ピザを受け取っていたものだから、奏はうっかり転びかけた。

＊　＊　＊

「奏。お前はマジでいい加減にしろ」

「はい」

「拝郷さん。友人思いなのはわかるが、向こう見ずな行動は控えなさい」

「はい」

「そして折橋——」

「うん？」

「お前はピザを食うのをやめろ！」

奏と拝郷が施設に飛び込んでから、二十分後。

奏は施設内の応接室にて、姉、拝郷と横一列に並んでソファに座らされていた。

修二の神経を逆撫《さかな》でしないよう反省した様子を作ってうつむく奏の右脇には、修二の説教を受けて心から反省しているらしい拝郷。左脇には、彼の怒りなど見慣れているとばかりに涼しい顔で宅配ピザを食べ続ける姉。

「仕方ないでしょ、お腹空《なか》いたんだもの。けっこう忙しいのよ、いまのわたし」

「お前はそうやっていつもいつも……！」

修二は声のトーンが上がりかけるのをぐっと自制した。耐える姿も格好いいなあと奏は思うが、いまそんなことを言ったら姉に向いている矛先は即座に方向を変えるだろうことがわかっていたから奏も自重する。

三人と向かい合う修二は、手の中で使い捨てライターを弄《もてあそ》んでいる。彼が煙草《たばこ》を吸うことは珍しく、あまりにひどいストレスのときだけ口にすると言うが、いまがそれに近いということか。喫煙する姿も格好いいだろうなあと奏は思うがそれも言葉にはしない。

修二は番茶を一気に飲み干した。姉の身の回りの世話をしているという信者が出してくれた茶に毒が仕込まれている様子はなく、どころか遅くに礼儀知らずにも押しかけてきた奏たちに対しても丁寧な対応をしてくれる。礼を言うと「先生のお身内の方ですから、もちろんです」と深々頭を下げられて恐縮した。

「ええと。まずは、いろいろ心配かけたようで失礼しました。奏ちゃんに久々に会えて、お姉ちゃんは嬉しいな。それも、お友達まで連れてきてくれるなんて」

「あ、初めまして拝郷です。お噂はかねがね」

ミーハーなところのある拝郷は、姉を前に「本物のオリハシだあ」と嬉しそうだ。片手にピザ、片手にペットボトルのコーラと、占い師らしくないアイテムを手にしているのにもかかわらずどこか超越した雰囲気をまとっているのだから、やはり姉こそが本物のオリハシなのだと改めて思う。——いや、本物の称号が欲しいわけでは決してないけれど。

ただ、そんな雰囲気にいまさら誤魔化されない人がいた。それは実の妹である奏と、

「それじゃ折橋、説明をしてもらおうか」

姉の旧友にして腐れ縁の修二だ。

「説明?」

「おうとも。奏に仕事を押しつけて失踪したお前が、どうしていま、宗教団体でちやほやされつつマルゲリータなんぞ食ってるのか」

「マルゲリータじゃないよ、シーフード・スペシャル」

「折橋」

「あれは余寒なお厳しいころのことでございます」

早々に観念した姉が語るには、つまりこういうことらしい。

——始まりはやはり、二月の諸山の依頼だった。

彼は宗教団体「希望のともしび」の信者だったが、最近の教団のやり方が教義に反しているように思えてならない、占い師オリハシに見てもらいたいと依頼してきたという。

彼の最終的な目標は「脱会」だったが、調べてみると確かに、信者から高額な布施を吸い上げるシステムが存在していたので、姉は占い師オリハシとして、前の「先生」がペテンであることを証明して幹部を失墜させ、ついでに信者の崇拝を自分に向けさせ、残された善良な信者のケアに奔走し――いまに至る、と。

「諸山さんは?」

「元幹部らに狙われないように、別の場所に身を隠してもらっているから大丈夫だよ。問題はわたしの方で、あまりに忙しくて占い師業を充分に処理する時間が取れなくて。だから奏ちゃんに『わたしの手が回らない依頼を投げるから、代役よろしくね』ってお願いしたつもりだったんだけど」

「言葉足らずだよ」

いつものことながら。

奏が姉の安否に関して怪しんだ要素の一つ、「依頼のメールを間引いていた」のは、蓋を開ければどうということはない。姉本人だったということだ。

「あ、なるほど。わかった気がする」

そのとき、話をじっと聞いていた拝郷が、弾んだ声を上げた。

「っていうことは、西口さんが本来崇めていた『先生』は、教団のもとの偉い人で、西口さんにオリハシのところに行くように言ったのは、奏のお姉さんなんだ」

「西口？　……ああ、あの女の子」

西口が例の先生に「素晴らしい出会い」を予言されたのは二月頭、新たな指示をオリハシに聞くように言われたのは五月。二度目に訪ねたとき彼女の「先生」は、オリハシに会いに行くように言ったという——その間に、人が入れ替わっていたのか。

ふと、姉が目を伏せた。

「あの子には、とてもとてもかわいそうなことをした」

「なんとかならないの？」

「なんとか……前の『先生』が不当に取り上げたお金を彼女のもとに返してあげることは、できると思うよ。実際、そうなるように動いてる。だけどあの子の問題の芯のところはそうじゃないと思う」

姉の言葉を受けて、居心地悪そうに身じろぎしつつも頷いた拝郷。その姿に、彼女が学食で呟いた言葉を思い出す。——何かもうちょっとできたかもって思うのは、普通だよね。

姉はふと笑い「だけど、いいご友人がいるようだから、あの子はきっと大丈夫よ」と言った。その姿は、佇まいは、人の未来を見通す占い師オリハシそのものだ。

と同時に、姉がその仕事を自分の処理すべきものとせず「代理」もとい奏のところに振ったのは、今後のことを考えると、彼女と接点を持つのは年近い奏の方がいいと判断したからかもしれない——そんなことを考えて、姉の中に「本物の」占い師オリハシを見たような気分になる。

「だけどお姉も、西口さんに妙な伝言残さないでよ。よろしく伝えてだなんて」

「奏ちゃんに手伝い頼むの申し訳なく思ってたのよう、本当に」

新たなピザの一切れを取り上げながら言われたところで、一切の説得力がない。

す、と修二が手を挙げた。

「……俺からも質問。左々川の依頼が奏のところに来たのは、お前の想定外だったってことか?」

「ご明察。あの人たちは『希望のともしび』の元教徒だから、本当ならわたしが対応するつもりだったんだけど」

姉に連絡がつかないからと心配した左々川が、直接折橋家を訪ねてきたのだった。そういえばそうだと思い出した修二が「やっぱりあの女ろくでもねぇわ」としみじみ頷いた。

「教団の方はなんとか落ち着いてきたけど、誤算の多い仕事だったよ。さっきだって、まさか奏ちゃんが飛び込んでくると思ってなかったし。怖い思いさせちゃってごめんねえ」

「まったくだ。反省しとけ」

「てっきり奏ちゃんのことは、修二が守ってくれてるものだと思ってたから」

突っかかった直後に痛いところを突かれ、修二がぐうと呻いた。

車から飛び出たのは奏の意志だけれど、結果的に危険に晒《さら》したことは変わりない——とか思っているのだろう。返す言葉を持たない彼をなんとか元気づけたくて口を開くが、

「やり込められてやるせない修二さんも好きです」

「お前、語尾に『好きです』ってつければなんでも許されると思ってない？」

「失礼な！」

誰にでも軽々しく言うような人だとは思ってほしくないし、修二だからこんなにたくさん言いたいと思うのだ。それをわかってほしいのに！　いやいやと身を捩《よじ》りつつ抗議するものの、信用が足りていないようだ。もしくは先の奏の暴挙を未《いま》だ許していないのか、修二は「どうだか」と答えた。

「ま、なんにせよ、さ」

姉は大きく開けた口にピザの耳部分を詰め込み、コーラで流し込むと、ぺこんと頭を下

げた。

「いろいろ心配かけたみたいで申し訳なかった。あと十日もあればこっちの仕事も目途がついて、家に帰れると思う。お騒がせしました」

「いつもいつもふらっといなくなるから、騒ぎになるんだ。今後は事情を説明するなりなんなりしてから仕事に行けよ。奏が心配するだろうが」

「何言ってるんですか、修二さん」

くちばしを挟んだ。内容にはおおむね同意だが、最後だけは聞き逃せない。

「お姉のことを心配してたのは、わたしより、修二さんでしょう」

姉が妙な人たちに監禁されて身動きが取れないのかもしれないという可能性が浮上したとき、彼は露骨にぎょっとしていた。苦手な左々川ともやりとりして、姉の安否を気にして、奏にも何度も「大丈夫だ」と繰り返して。

しかし修二としては、自分の行動をそう受け取られるのは不本意なことだったらしい。

「いや、俺は……」

反論しようとして——

言いよどむ。

「修二が何？」

「修二さんは何？」

「修二さんは何ですか？」

一秒、二秒。

三人の視線に観念した修二が、三秒後、口元を押さえ聞き取りにくい声で言うことは、

「……奏が不安がってる気がしたから、早く帰ってこいって思ってた、だけだ」

「修二さん好きです」

「うるせえ馬鹿」

はたして実際どうだったのか、修二の本当の心など彼自身にしかわからない。それでもいちおう数だけは撃っておこうと告白したところ雑にふられた。

口を尖らせた奏を見て、拝郷が苦笑いを浮かべる。

「でも、奏は修二さんのこと本当に大好きだと思いますよ」

「どうだかね。俺からしたら、年上をからかって遊んでるだけに見えるけど」

「そんなんじゃないのに」

むう、とつい頬が膨れる。常日頃から、彼のことをこれ以上ないくらい大事に思っているのに。憤懣《ふんまん》やるかたない思いを覚えるも、これ以上伝える方法が思いつかない。

歯噛みしていると、含み笑いの姉が口を開いた。

そのときの姉はまさに、占い師オリハシの顔をしていた。

「奏ちゃんは、修二のことが本当に大好きだもんね」

終

着る毛布を纏い、LED蠟燭をつけ、テーブルには裏返しにした百人一首を並べ。

奏は、カメラの向こうに微笑みかける。

「こんにちは、星の巡りに導かれし迷える子羊よ」

それはもちろん、占い師オリハシの代役として。


宗教団体「希望のともしび」へ姉奪還に飛び込んでから、一ヵ月。宗教団体立て直しという例の依頼に「あと十日もあれば目途がつく」と言い、実際にそのスケジュールで業務を終えた姉だったが——奏はいまも変わらず「代役」の仕事に追われている。

依頼人の話を聞き終えリビングに戻ると、修二が愛猫ダイズにのしかかられていた。ソファの上に仰向けに寝転がる修二と、彼の胸の上が特等席とばかりに香箱座りでくつろぐダイズの姿。近くに猫じゃらしが落ちているあたり、奏が仕事をしている間、修二はずっとダイズの遊び相手をしていたのだろう。

奏が現れたことに気づくと、修二はダイズを抱きかかえてソファの上に起き上がった。

「わたしもダイズとご一緒してよろしいでしょうか」

「よろしくありませんね」

腕を大きく広げ、真顔でハグを申し入れるが拒否された。

ダイズを両腕で持ち上げて、修二はソファに座り直す。カーペットに下ろされたダイズは、奏を見上げて大きく口を開けた。

「ダイズが勝ち誇った笑みを浮かべている！」

「考えすぎだ」

愛らしいでっぷり猫は、荒れる飼い主の様子を気にもせず悠然とカーペットの上に転がる。まるで彼の正妻かのような余裕ある振る舞いに「この、どろぼうねこ！」と背中をわしゃわしゃ撫でてやると、ダイズは気持ちよさそうに目を細めた。

「それはそうと。昨日、また折橋から『奏ちゃんのことよろしくね』って連絡が来たけど、あいつ、今度はどこに行ったんだ」

そう。姉はまた、占い師業を奏に押しつけふらりと出て行ってしまったのだ。

ただし、同じ轍《てつ》は踏まない。今回はきちんと、行き先と理由を聞いている。

「今度は、議員さんの秘書さんからのご依頼だそうです。議員さんと女優さんの不倫がスクープされたそうで、その件に関して最適な対応を占ってほしいってご依頼らしいですよ」

「ふうん」

「そしてわたしは、また、お姉が帰るまで『代役』業務を頑張るわけです」

修二は一瞬だけもの言いたげな表情をしたものの、腕組みをして、自分を納得させるように深く首を垂れた。

「まぁ、今度は事情をきちんと話していったから、いいとしようか」

「そうですね。これなら、修二さんがお姉のことを過度に心配することもなさそうです」

「いや、だから俺は」

別にあいつのことを心配していたわけではない、とでも言おうとしたのだろう。彼が急ぎ顔を上げたと同時——奏と目が合った瞬間。

その目に何を見出《みいだ》したか。

修二が、ふいに息を呑んだ。

「修二さん？　どうしました？」

「……いや。その、奏」

「はい？」

「お前は、まさか、俺が——」

「あ、お姉から電話だ」

奏のスマートフォンがけたたましく鳴って、修二の全身が大きく跳ねた。

彼が驚いたのは呼び出し音にか、それとも。

「すみません、ちょっと失礼しますね」

「あ、ああ」

会話が中断して、あからさまに緊張を解いた修二を視界の端に収めつつ、奏はリビングを出た。

修二とダイズを室内に残し、後ろ手にドアを閉めながら。

奏は廊下でしみじみと思う。

――まったく彼は、隠しごとのできない人だ、と。

奏は修二のことが好きだ。だから奏は、修二という人に関する多くのことを知っている。オカルトが好きだということ。隙あらば自身の知るオカルト知識を喋りたがること。姉に神秘の力などないと知っていること。姉の持つものがオカルトのそれではないと知りながらなお、彼女のことを「稀代の占い師」と書き立て、記者として追いかけること。オカルト雑誌の記者として――という建前で――誰より彼女の近くにいようとすること。姉から身の安全を頼まれた「愛しの妹」を、なんとしても守ろうとしてくれること。

失踪した姉を心配していたことを見透かされ、狼狽したこと。

占い結果を推測する奏の姿に、いつも姉を重ねていたこと。

彼は愚かにも、まだ気づかれていないと考えているらしい。

——彼が折橋紗枝を恋い慕っていることなど、どう見ても明らかなことなのに。

「もしもし……」

奏はスマホの画面をタップして、呼びかける。

幼い頃から何度となく聞いてきた、緊張感のない声が、耳に届いた。

「もしもし奏ちゃん？　お姉ちゃんだよぉ」

奏の姉にして修二の想い人、折橋紗枝。彼女の、いつも通り愛情溢《あふ》れる呼びかけに。

奏もやはり、弾んだ声で挨拶をする。

「うん、お疲れ様。どうしたの？」

「前回の件で『連絡はちゃんと取り合った方がいい』ってことになったから、取り敢えず連絡してみたの。どう？」

「そっか。こっちはいまのところ、異常ないよ」

天井を見上げながら答えれば姉は、ならよかった、と安堵した様子で言った。それはいつもの優しい姉だ。小さい頃からずっと聞いてきた、奏が安心できる姉の声——

——しかしそれに続いて奏の耳に届いたものは、

「それにつけても、口惜《くや》しい」

地の底から響くような、恨めしげな声だった。

さもありなん。姉は先の「失敗」を、三日三晩ずっと悔《く》やんでいたから。電話の向こうから聞こえてくるのは、ああまったく、と沈鬱《ちんうつ》な声。

「オリハシ失踪の計画自体は間違ってなかったけれど、失踪期間はもうちょっと長引かせられたと思うんだよね。リアリティ出すために、奏ちゃんにも行き先を教えないで連絡を断《た》ったのは、さすがにやりすぎだったかな」

「いや、まさかあそこで左々川さんが来るなんて、誰も予想できないよ」

「返す返すも左々川め。あいつが絡むと警察沙汰になっちゃうからなぁ」

「必要以上に大ごとにするのは、ちょっとね」

姉の後悔に、奏は苦笑いで同意した。

奏は修二のことが好きだ。彼のことを、世界の誰よりも素敵な人だと思っている。痘痕《あばた》も靨《えくぼ》とはよく言ったもので、奏にとっては修二のどんな姿も魅力的に映るのだ。願わくば、彼のすべてを余さず知りたい。笑顔もあきれ顔も、求愛されて戸惑う姿も、謎に振り回されて辟易《へきえき》する姿も。齎された「魔女の呪い」に心躍らせる姿も、「蛇憑き」の噂の正体に落胆する姿も、「偽者教祖」の信者に自宅を荒らされてやるせない姿も、「吉方位」の誤算に怒りを露《あら》わにする姿も――「愛する人の失踪」に苦悩する姿だって！

奏は掛け値なしに、彼のすべてを知りたいと思っている。

そんな奏に、姉は協力を惜しまない。理由をつけて二人の前から姿を消し、占い師オリハシの屋号を貸し、顧客を貸し、ときには自らに想いを寄せる修二の心すら利用して、奏の望みを叶えてくれる。

電話口で止まらない左々川への文句を、奏は「まぁまぁ、お姉」と宥め、

「計画より早めの幕引きにしたのは、確かにもったいなかったかもしれないけど。でも」

でも。

スマートフォンを耳から離し、画面のアルバムアイコンをタップした。画面表示が切り替わって表示されるものは――

「収穫は、上々だったと思うよ」

笑顔、あきれ顔、戸惑い、落胆、怒り、苦悩等々――大量の隠し撮りデータ。

奏は、宝物の詰まったスマートフォンに頬を寄せ、

「えへへ。いつもありがとね、お姉」

「どういたしまして。次の『代役』も頑張って、奏ちゃん」

大事な姉に日頃の感謝を告げると、姉は大事な妹に、心からの声援を贈る。

＊＊＊

占い師オリハシ。「よく当たる」と巷で話題の女占い師で、一般人からはもちろんのこと、芸能人や政財界関係者からも日々依頼が舞い込んでくる。

メールや専用ウェブサイトを通じて依頼を受ける、最近珍しくもないオンライン特化型の占い師で、星の巡りやカードなど、彼女の扱えるいくつもの方法を用いて依頼者の運勢を診断する。彼女の占いは、依頼者の運勢だけではなく心すら見通すようだという人もおり、彼女を頼ればよりよい未来を教えてくれるとされる。

ゆえに人気は高く、サービスは好評で、リピーターも多い。しかし——

「次は、修二さんのどんな姿が拝めるかな?」

偏愛癖のある、妹の折橋奏がたびたび代役を務めていることは世に知られていない。

おしまい。

本書は書き下ろしです。

〈著者紹介〉

なみあと

2014年、『宝石吐きのおんなのこ』で第２回なろうコン（現ネット小説大賞）追加書籍化作品に選出され、'15年に同作でデビュー。シリーズ10巻にて完結。ほかの著作に『うちの作家は推理ができない』『悪役令嬢（ところてん式）』がある。

占《うらな》い師《し》オリハシの嘘《うそ》

2022年4月15日　第1刷発行　　定価はカバーに表示してあります

著者…………なみあと

©Namiato 2022, Printed in Japan

発行者…………鈴木章一

発行所…………株式会社 講談社

〒112-8001 東京都文京区音羽2-12-21

編集03-5395-3510

販売03-5395-5817

業務03-5395-3615

KODANSHA

本文データ制作…………講談社デジタル製作

印刷…………株式会社ＫＰＳプロダクツ

製本…………株式会社国宝社

カバー印刷…………株式会社新藤慶昌堂

装丁フォーマット…………ムシカゴグラフィクス

本文フォーマット…………next door design

ISBN978-4-06-527655-6　N.D.C.913　300p　12cm

講談社
タイガ

友麻 碧

水無月家の許嫁

十六歳の誕生日、本家の当主が迎えに来ました。

イラスト
花邑まい

水無月《みなづき》六花《りっか》は、最愛の父が死に際に残したひと言に生きる理由を見失う。だが十六歳の誕生日、本家当主と名乗る青年が現れると、〝許嫁《いいなずけ》〟の六花を迎えに来たと告げた。「僕はこんな、血の因縁《いんねん》でがんじがらめの婚姻であっても、恋はできると思っています」。彼の言葉に、六花はかすかな希望を見出す——。天女の末裔《まつえい》・水無月家。特殊な一族の宿命を背負い、二人は本当の恋を始める。

講談社
タイガ

虚構推理シリーズ

城平 京

虚構推理

イラスト
片瀬茶柴

巨大な鉄骨を手に街を徘徊《はいかい》するアイドルの都市伝説、鋼人七瀬《こうじんななせ》。人の身ながら、妖怪からもめ事の仲裁や解決を頼まれる『知恵の神』となった岩永琴《いわながこと》子《こ》と、とある妖怪の肉を食べたことにより、異能の力を手に入れた大学生の九郎《くろう》が、この怪異に立ち向かう。その方法とは、合理的な虚構の推理で都市伝説を滅する荒技で!?

驚きたければこれを読め――本格ミステリ大賞受賞の傑作推理!